I0562303

# MARGUERITE

## DE RODOLPHE,

### ou

## L'ORPHELINE

### DU PRIEURÉ.

50883

# MARGUERITE

## DE RODOLPHE,

### OU

# L'ORPHELINE

## DU PRIEURÉ;

Par P. V.,

AUTEUR DES ANNALES DU CRIME ET DE L'INNOCENCE, etc., etc.

## TOME CINQUIÈME.

A PARIS,

Chez Pigoreau, Libraire, place Saint-Germain-l'Auxerrois, n°. 20.

1815.

IMPRIMERIE DE J.-B. IMBERT,
RUE DE LA VIEILLE-MONNAIE.

# MARGUERITE,

## ou

## L'ORPHELINE DU PRIEURÉ.

## CHAPITRE PREMIER.

*La mort et la vie. — Le cercueil.*

JE m'enfermai dans une chambre où je versai des larmes de douleur et de rage : mais en levant les yeux j'aperçus le portrait du prince, et mes pleurs cessèrent de couler. Pour toi seul, m'écriai-je, pour toi seul,

cher Castel-Nuovo, je souffrirai tout.
Pour toi je violerai tous les droits
de la nature et de l'amour ! pour
toi, je sacrifierai ma vie, s'il le
faut, et ma mort ne me coûtera pas
un soupir !

» Camille entre en cet instant.
Elle entend ces exclamations fréné-
tiques ; elle me prend la main...
Le moment approche, madame,
me dit-elle, où vous briserez ces
chaînes odieuses sous le poids des-
quelles vous gémissez depuis si long-
temps : fuyons le château de Rodolphe, et cherchons un asile contre
la fureur du baron dans la protection du prince de Castel-Nuovo.

» — Que dites-vous, Camille ?
Quoi ! j'abandonnerais le toit pa-

ternel et je quitterais mes eufans !

» Il faut opter, me répondit Camille. Ou fuyez ce château, ou feignez
avec votre sœur. Tâchez, par une
feinte douceur, de gagner son amitié. C'est elle qui irrite le baron
contre vous, qui le pousse à vous
perdre, et qui triomphera de vos
malheurs.

» Jamais ! jamais, m'écriai-je, je
ne m'abaisserai à feindre. Je mé-
prise les artifices de la perfide Sophie ; et pour toi seul, mon cher
Castel-Nuovo, je braverai la colère
de Rodolphe.

» En ce moment d'effervescence
et de délire, je pressai le portrait du
prince sur mes lèvres.... Le son de
la cloche m'avertit que l'heure du

repas approchait, et je quittai la chambre.

» Arrivée au haut du grand escalier, je trouve une femme qui me remet mystérieusement un billet, et qui me dit à voix basse :

*Ce billet arrive de Vienne, et c'est un domestique du prince de Castel-Nuovo qui me l'a remis.*

» Je reconnais l'écriture ; mais je n'ose le lire, dans la crainte d'être aperçue. Je le serre précieusement, et son seul aspect dissipe les tristes idées qui me tourmentaient.

» Je trouvai en entrant dans le salon, le baron : ma sœur Sophie changea de couleur en me voyant ; et le baron, d'une main tremblante, et sans me regarder, me conduisit à la salle à manger.

» Il me présenta le fameux Ferdinand, comte du saint Empire. Ce seigneur me baisa respectueusement la main ; et s'adressant à mon époux : Rodolphe, lui dit-il, je savais déjà que vous étiez le plus heureux des époux, mais je suis en ce moment convaincu de votre bonheur.

» Je souris de son erreur avec une légèreté impardonnable, et j'allai me placer au haut bout de la table, à travers de nombreux cavaliers qui avaient été invités au festin. Mon cœur jouissait de la tristesse que manifestait ouvertement le baron, du sombre silence du mar-

quis et du rire moqueur de ma sœur.
Mes yeux animés, mes étourderies
indécentes, mes éclats de rire pro-
longés égayaient toute la société,
tandis que mon malheureux époux,
incapable de supporter ses tristes
réflexions, tâchait de s'étourdir en
se livrant aux plaisirs de la table,
engageant également ses convives
à s'abandonner à cet excès dangereux.

» A peine le festin fut-il fini, que
je m'aperçus qu'ils étaient tous dans
cet état où la raison n'a plus aucun
empire sur des têtes échauffées par
les vapeurs du vin.

» Parmi les différens objets d'une
conversation très-bruyante, le
comte Ferdinand s'emporta vive-

ment contre la dépravation des
mœurs qui dominait à la cour de
France sous le gouvernement de
l'ambitieuse Catherine de Mé-
dicis.

» Ce n'est pas seulement à la cour
de France, s'écria le baron, que l'on
peut rencontrer l'oubli des devoirs
moraux. Les principes licencieux
que vous censurez si justement,
non seulement règnent dans les
cœurs, mais détruisent souvent la
paix des familles particulières.

» En prononçant ces mots le baron portait ses regards alternative-
ment sur moi et sur le marquis
Uldéric. Le rouge me montait au
visage, et je finis par sourire de
l'air du mépris le plus marqué. Il

parut furieux, et prenant un verre
de cristal, il le brisa sur le parquet.
Irritée par cette insulte , je me
levai précipitamment et je pris
congé des convives, en les priant
de m'excuser.

» Lorsque je fus dans mon appartement, je me répandis en imprécations contre le baron ; Valentine
et Camille tâchaient de me consoler. Soins inutiles ! Hélas ! me disais-je, comment échapperai-je à la
vengeance du baron ? Je ne puis
lui cacher ma haine ! Il m'est impossible de paraître aimer un
homme que je déteste ! Je suis perdue ! je suis perdue !...

» A la fin, Camille, qui connaissait trop bien l'état de mon cœur,

me voyant plus calme, me dit en italien :

» Le prince de Castel-Nuovo a un château qui n'est pas éloigné du lac de Guarda ; il est situé sur une belle éminence, et placé à l'abri des brûlantes chaleurs du midi par un bois épais. Du côté du nord, on découvre des prairies émaillées de fleurs odoriférantes, où, pour me servir des paroles d'un ancien poëte italien, les abeilles se plaisent à voltiger. Dans ce château, ajouta-t-elle, avec un malin sourire, la baronne Rodolphe trouvera un asile accessible seulement à l'amour et aux plaisirs.

» O fille enchanteresse ! m'écriai-je, semblable à la syrène de la fable, tu fus destinée à me perdre!...

» Tout à coup je me rappelle que je possède un billet du prince de Castel-Nuovo, je le saisis, j'en brise le cachet ; j'aperçois la signature de mon bien-aimé, et j'y applique mes lèvres brûlantes. Je lis ce billet avec avidité ; il respirait le plus ardent amour. Je le place sur une table sur laquelle j'étais appuyée ; je m'écrie : ô Castel-Nuovo ! je suis à toi pour jamais..... La porte de mon appartement s'ouvre ; le baron entre brusquement avec ma sœur ; son regard est farouche et menaçant. Ce regard m'épouvante ; j'oublie que le billet est sur la table, qu'il peut être saisi par le baron, qu'il peut trahir le secret de mon cœur... Je suis incapable de réfléchir.

» Ce billet frappe en effet les regards de mon époux. Ses yeux étincellent de colère ; il se jette sur le papier fatal, comme l'oiseau de proie sur la timide colombe. Camille jette un cri perçant ; ce cri me rappelle au sentiment de l'effroi ; je me précipite sur le billet, je l'arrache des mains du baron, et je le jette au feu. J'espère qu'il sera dévoré par les flammes : mais, par un mouvement aussi rapide que celui de l'éclair, le baron, tout en se livrant à d'horribles imprécations, dispute l'écrit funeste aux flammes dévorantes ; il l'arrache au foyer destructeur ; il éteint la flamme prête à le consumer en entier, et les fragmens qu'ont épargnés les flammes suffisent pour lui confirmer les crimes d'une épouse infidèle. Heureusement le nom, le nom chéri de Castel-Nuovo a disparu, le feu l'a dévoré; il ne reste de ce nom qui fait palpiter mon cœur qu'un peu de cendre qui ne dévoilera pas mon secret.

» Cependant Rodolphe, pâle comme la mort, agité comme les furies, me saisit fortement par le bras. Ses yeux semblent prêts à sortir de leurs orbites; il m'ordonne impérieusement de lui décliner le nom de celui qui écrivit ce billet... Je garde un morne silence; il répète, plus impétueusement encore, la même question.... .

» Insensé ! lui dis-je avec un sourire dédaigneux, peux-tu te flatter
que je te révèle des secrets qui doi-
vent rester cachés dans le fond de
mon cœur ?

» — Ta perfidie ne m'est que trop
connue, répliqua Rodolphe ; mais
j'en exige l'aveu de ta bouche.
Malheur à l'être corrompu qui aura
souillé l'éclat du nom de Rodolphe !
La vengeance la plus éclatante...

» — La vengeance ! contre qui la
dirigerais-tu ? L'auteur de cette
lettre n'est connu que de moi. Mon
cœur lui est entièrement dévoué ;
je l'aime autant que je te déteste, et
je perdrai plutôt la vie que de prononcer son nom.....

5.                                    1*

» J'aurais continué : mes forces m'abandonnèrent. Une vive lumière brillait à mes yeux ; tout à coup je me crus blessée, et je fus enveloppée des ténèbres les plus épaisses. Je restai sans sentiment, et pendant tout le jour je fus incapable de réflexion. La nuit suivante, je crus voir de noirs et terribles fantômes errer autour de moi. Je détourne la vue, je crois fuir, j'aperçois Castel-Nuovo ; j'implore son assistance, je me précipite dans ses bras ... Dans ses bras ! je les cherche en vain. La tête de Castel-Nuovo s'offre, il est vrai, à mes regards ; mais cette tête tient au corps d'un reptile qui se replie, s'entortille, s'enlace autour de moi, et me serre de manière à m'étouffer ..........

» Comment décrirai-je les momens où je revins à moi, et les
écarts affreux de mon imagination
déréglée ? Il me sembla que je me
réveillais après un long et douloureux sommeil, et je me trouvai sur
un lit dans une chambre qui m'é-
tait inconue. Je me levai avec beaucoup de difficulté, et je parcourus
des yeux ma triste retraite. J'étais
seule, un flambeau brûlait au
pied du lit ; il jetait une faible lumière, et aucun bruit ne frappait
mon oreille. J'appelai plusieurs fois
Valentine et Camille ; mais voyant
que personne ne me répondait, et
ne pouvant me soutenir, je tombai
sur le plancher. Ma faible mémoire

me retraçait vaguement les reproches , les menaces du baron ; je
frémis , et j'invoquai à grands cris
le secours du prince. Hélas ! ma
voix se perdit dans le vague des
airs. Je me relevai enfin , et je fis
quelques pas dans la chambre. Je
me rappelais que depuis peu de
jours j'avais vu mes enfans , et je
croyais les voir encore. Leur ber-
ceau était à mes pieds : il me semblait les voir couchés , la tête sur
le même oreiller ; j'étendais les
bras vers eux ; mais je ne saisissais
que l'air, et ces aimables fantômes
s'évanouissaient comme des ombres
légères...

» Je me traînai enfin vers la
porte de la chambre, en m'appuyant

aux murs. J'eus beaucoup de peine à en ouvrir la porte : mais enfin j'y parvins. Je n'aperçus dans l'anti-chambre qu'une faible clarté qui venait d'une porte opposée, et qui conduisait dans une pièce très-vaste où, dans mon enfance, j'avais passé quelques jours heureux avec mon père. Le désordre de mon esprit était tel que je m'avançai dans l'anti-chambre, avec le vain espoir d'y retrouver ces chers parens que j'y avais vus autrefois.

» Je me traîne avec effort jusqu'à la porte de cette chambre : je l'ouvre... Quel spectacle ! les murs sont tendus de noir. Au milieu se trouve un cercueil couvert d'un poêle de velours. Quatre flambeaux allumés sont placés à la tête, et quatre autres au pied du cercueil. Les armoiries de la famille de Rodolphe étaient brodées sur le poêle de velours et sur la tenture des murailles.

» Je m'approche du cercueil ; mes forces étaient épuisées, et je fus forcée de m'appuyer sur ce monument lugubre.

» Qui es-tu ? dis-je, toi qui reposes ici. Pourquoi cette vaine cérémonie pour un être qui n'est plus qu'une poussière insensible ?

» Poussée par un mouvement de curiosité, j'osai soulever le poêle pour contempler le cercueil. Il était d'ébène, orné de clous d'argent. Je fis quelques efforts inutiles pour l'ouvrir ; et, dans cette tentative ; il sortit du fond du cercueil un bruit sourd, qui semblait provenir du vide. Je levai le poêle plus haut ; le nom de Marguerite, baronne de Rodolphe, était gravé sur le couvercle en lettres d'or !

» Quel mystère épouvantable! m'écriai-je. Ce cercueil est-il donc destiné à recueillir mes cendres? Suis-je donc déjà descendue sur les sombres bords ? Veillé-je ? est-ce un songe ? une illusion ?.. Ou cet appareil de mort m'annonce-t-il des projets sanguinaires? En veut-on à ma vie ?... Est-ce ici mon tombeau ?

» En cet instant le vent soufflait avec violence. Tout à coup une fenêtre est enfoncée avec un fracas

horrible ; les flambeaux sont éteints,
mon sang se glace, je tombe sur le
cercueil ; mais je l'entraîne dans
ma chute, et je reste ensevelie sous
le poêle qui le couvre. Je ne perds
cependant pas l'usage de mes sens.
Un autre bruit me frappe. Il vient
du côté de la galerie ; j'entends ouvrir la porte qui y conduit ; je me
débarrasse du voile qui m'enveloppe,
je jette les yeux sur cette porte ;
plusieurs femmes s'offrent à ma
vue : j'étends les bras vers elles
pour implorer leur pitié. Ces femmes
frissonnent comme si elles voyaient
un fantôme ; elles poussent des cris
effroyables, et s'enfuyent dans la
galerie en tirant après elles la porte
avec violence. Leur fuite, leur ef-

froi, leurs cris aigus me font sentir plus vivement encore l'horreur de ma situation ; et, frappée de terreur, je tombe évanouie sur le plancher.

» En reprenant mes esprits je me trouvai sur un lit, où j'avais été portée par Valentine, qui veillait à côté de moi. C'est vous, Valentine ! m'écriai-je en soulevant péniblement ma tête et lui prenant les mains. Quelles sont donc ces horribles scènes qui m'ont glacé le sang ? Pourquoi ce profond silence ? Serais-je devenue le rebut de la société ? Tout le monde, excepté vous, m'a-t-il abandonnée ? Castel - Nuovo ! cher Castel-Nuovo ! c'est pour toi seul que je supporterai cette affreuse existence !

5.                                    2

» Je me souviens à peine des sages représentations que Valentine employa pour me ramener dans le sentier de la vertu. Je lui demandai avec empressement l'explication de tout ce qui m'était arrivé. Hélas ! madame, répondit-elle, c'est un récit déplorable à vous faire ; mais puisque vous l'exigez, votre curiosité sera satisfaite, et je prie le ciel qu'il vous donne la force de supporter les souffrances auxquelles vous êtes condamnée.

» Elle m'apprit que le baron, irrité par ma conduite, m'avait, dans sa fureur, plongé son épée dans le flanc. Cette blessure m'occasiona une faiblesse qui fit croire

que j'avais cessé d'exister. Tandis
que j'étais immobile sur le parquet, enveloppée des ombres de la
mort, le marquis Uldéric entra
précipitamment, et me voyant
dans cet état, il demanda impérieusement au baron pourquoi il
avait commis cette épouvantable
action ?

» Le baron l'accusa d'être l'auteur de son malheur ; il l'accusa
d'être venu dans son château avec
l'affreux dessein de lui ravir l'affection de sa femme, d'avoir souillé
le lit nuptial, les nœuds sacrés de
l'hymen et l'honneur de la maison
de Rodolphe.

» Quel est, dit Uldéric, pénétré
d'indignation, quel est l'auteur de

cette horrible calomnie? Bientôt
son sang...

— » C'est la sœur même de Marguerite; c'est Sophie de Rodolphe.

» Une femme ! continua le marquis bouillant de colère ; son sexe
la dérobe à ma juste fureur ; mais
accusé d'un crime dont je suis innocent, d'un crime qui compromet
ma délicatesse, ma dignité, mon
honneur, ma réputation, je dois
me disculper publiquement. C'est
pourquoi je t'accuse, Rodolphe,
d'avoir commis ce meurtre affreux,
et je vous somme l'un et l'autre de
vous justifier.

» Le nom de meurtrier fit un
effet terrible sur le baron. Il laissa
tomber l'épée dont il menaçait Ul-

déric, et fixa ses regards sur mon corps sanglant ; il parut pénétré d'horreur.

» Sophie, Valentine et Camille s'efforcèrent d'apaiser le ressentiment du marquis; elles l'engagèrent à se réunir à elles pour cacher ce crime.

» Uldéric parut réfléchir un moment... J'y consens, s'écria-t-il à la fin; emportez les restes de cette malheureuse femme, et cachons, s'il est possible, ce meurtre à tous les yeux. Laissons au ciel le soin de sa vengeance.

» Valentine et Camille me portèrent dans la chambre la plus reculée du château, où m'ayant posée sur un lit elles pansèrent ma blessure, et firent tout ce qui leur était possible pour me rétablir.

» Il y avait dans cette chambre un passage secret, caché par la boiserie, qui conduisait du château à une chapelle ruinée, seul vestige d'un ancien couvent qui avait été érigé dans le premier âge de la chrétienté. Valentine, qui connaissait ce passage, en profitait pour me procurer, à l'aide du bon Basile, et sans être aperçue, tout ce qui était nécessaire à la conservation de ma vie.

» Lorsque je parus hors de danger, Valentine voulut en prévenir le baron; mais l'artificieuse Camille, inspirée plutôt par son propre intérêt que par son attachement pour moi, l'en détourna. N'êtes-vous pas convaincue, lui dit-elle, que ma chère maîtresse est entourée de dangers? Quelle assurance avons-nous que la fureur du baron soit apaisée? Obsédé, comme il l'est, par la sœur de madame, et tourmenté par sa propre jalousie, de quoi n'est-il pas capable? Non, Valentine; nous cacherons son retour à la vie jusqu'à ce que nous puissions juger de l'effet que sa mort supposée aura fait sur l'esprit de son époux.

» Valentine, entraînée par ce raisonnement spécieux, consentit à suivre l'avis de Camille, et m'exhorta à profiter de la grâce que le ciel me faisait pour me livrer au repentir. Je ne répondis point à ses exhortations ; mais je lui demandai ce que signifiaient cette tenture de deuil, ce cercueil que j'avais vu.

» Aussitôt après le funeste événement qui parut vous avoir privée de la vie, me répondit-elle, on répandit dans le château la nouvelle de votre mort, en l'attribuant à une maladie aiguë ; cette nouvelle plongea tous les habitans dans la consternation. Toute la société disparut ; votre époux et votre sœur la suivirent ; il ne resta que le marquis Uldéric, chargé de régler les cérémonies de vos obsèques.

» Lorsque nous pénétrâmes, Camille et moi, accompagnées de plusieurs autres femmes, dans la chambre d'exposition, nous fûmes réellement effrayées de votre apparition. On attribua cet événement à quelque cause surnaturelle ; on résolut de procéder de suite à vos funérailles, ce qui fut exécuté. Le marquis ordonna que toutes les portes qui conduisaient aux appartemens fussent fermées.

» Je fus étonnée, confondue de ce récit. O Valentine ! m'écriai-je, que prétendez-vous faire en cachant mon rétablissement ? Suis-je réellement regardée comme morte par tout ce que j'ai aimé ? Suis-je destinée à passer ma vie entière dans la solitude et dans l'oubli ?

» Jamais, me dit Valentine, je

ne vous cachai mon opinion sur votre conduite. Je vous avoue que je suis portée à garder le secret sur votre retour à la vie, persuadée que dans cette retraite profonde, dans cet exil de la société, vous dompterez votre malheureuse passion, et que, par un repentir amer, vous expierez vos fautes passées.

» J'étais loin d'éprouver ce remords dont me parlait Valentine; je n'étais occupée que de Castel-Nuovo. Elle me quitta pour un instant, et Camille prit sa place.

»Oh ! viens, lui dis-je, viens, mon unique consolatrice ! dis-moi si je dois passer dans ce tombeau le reste de ma vie !

» Consolez-vous, ma chère maî-

tresse, me dit Camille, votre position n'est pas aussi fâcheuse que
vous l'imaginez. Votre mort supposée a rompu les liens détestables
qui vous attachaient au baron, et
vous a mise à couvert de la censure
des personnes austères. Vous ne
serez pas plutôt entièrement rétablie que nous rejoindrons celui qui
ne vit que pour vous. Vous jouirez
dans ses délicieuses propriétés d'Italie de ce bonheur que vous n'avez
jamais connu dans le château de
Rodolphe.

» Pendant ma convalescence, je
recevais tous les jours, par l'intel-
ligence de mes femmes, des nouvelles de ce qui se passait au château, dont le marquis s'était attri-

bué le gouvernement dès le moment
de ma mort prétendue. Je savais
que le baron avait resté peu de
jours à Hartz-Cassel, d'où il était
parti dans l'intention de traverser
la mer Baltique, et de visiter la
cour de Suède. On ignorait si ma
sœur l'avait accompagné.

Cependant Valentine me propo-
sait souvent de m'amener mes enfans à l'insu de leurs nourrices.
N'ayant pas d'autre objet qui m'oc-
cupât, j'y consentis. Leur vue rap-
pela dans mon cœur des sentimens
que j'avais trop oubliés, et je sentis
que j'étais mère. Je témoignai en
secret à Camille mes regrets d'être
forcée de les abandonner. Je ba-
lançai même à exécuter mon pro-

jet d'évasion. L'intrigante Camille savait lever toutes les difficultés. Pourquoi, me répondit-elle, vous sépareriez-vous de vos chers enfans ? pourquoi ne vous accompagneraient-ils pas dans votre fuite ? N'est-il pas même indispensable qu'ils soient élevés par leur mère jusqu'à ce qu'ils aient atteint cet âge où ils pourront soutenir ses droits et la venger?

» J'applaudis à ce projet, qui avait à mes yeux un autre avantage, celui d'affliger le baron par la perte de ses enfans.

» Quelques jours avant celui fixé pour notre fuite, Camille entra chez moi d'un air triomphant. Enfin, s'écria-t-elle, mon projet a réussi !

le marquis Uldéric est pris dans les filets qu'il avait tendus pour les autres. Il a employé tout son artifice pour m'engager dans ses intérêts. J'ai protesté de mon dévouement, et j'ai découvert ses projets coupables. La nuit dernière il m'a retenue dans le grand salon, sous un prétexte assez vague ; il a tiré un diamant de son doigt et l'a glissé au mien, en me demandant s'il pouvait compter sur ma fidélité, et si j'étais disposée à prendre les intérêts de la maison Uldéric. Je le priai de me dire comment je pourrais servir une famille à laquelle j'étais entièrement dévouée, non par intérêt, mais par sentiment.

» *La maison Uldéric*, me répondit-il après un moment de silence., *est alliée de très-près à celle de Rodolphe; j'ai des droits sur ces domaines... La vie des enfans est incertaine...* Je ne vous fatiguerai point, madame, en vous rappelant les phrases obscures et entortillées d'Uldéric. Qu'il vous suffise de savoir que la mort de vos enfans paraissait être l'objet de ses vœux les plus ardens, et qu'il m'avait choisie pour être l'instrument de ses horribles desseins. Lorsqu'il fut persuadé que je le comprenais, et que son projet ne m'avait point épouvantée, il me prodigua les plus fortes marques de confiance, et ordonna qu'on me remît à l'instant les enfans.

» O ciel ! m'écriai-je : Camnille !
que prétendez-vous faire ? — Ne
craignez rien, madame : vos ernfans
sont à l'abri de tout danger... J'ai
représenté au marquis que plussieurs
morts soudaines dans la même maison feraient naître d'étranges soupçons. Pourquoi, lui ai-je ditt, ne
feriez-vous pas partir ces ernfans
pour rejoindre leur père en Svuède ?
— Eh ! qu'y gagnerai-je ? m'a dit
Uldéric avec impatience. — Tlout.
Calculez l'âge de ces enfans, l'é-
loignement, la fatigue du voyyage,
les dangers qui les attendent sur
les bords sauvages de la Baltiique,
exposés aux attaques des briganadsqu'
infestent ces rivages, les inconvééniens
du passage, l'orage, la temppête !

Calculez surtout qu'ils seront conduits par Camille !... Je vous entends ! a répondu Uldéric, et il a fixé le jour du départ. Ainsi, toutes les difficultés sont applanies.

» Camille quitta, en effet, le château, le jour suivant, dans la matinée, avec mes deux enfans. Elle alla m'attendre au village de Gartz, où, grâce à nos dispositions, je la rejoignis le soir même. Heureusement Valentine était indisposée. Elle ignorait le départ de Camille, et ne pouvait être instruite de mon évasion que lorsqu'il ne serait plus temps d'y mettre empêchement.

# CHAPITRE II.

*Fuite. — Démence. — Désespoir.*

Henri ne put continuer, ce jour-là, cette lecture affligeante, que Marguerite n'écoutait qu'en versant des larmes amères ; le lendemain, le frère et la sœur trouvèrent le moyen d'échapper aux regards ; et Henri, reprenant le manuscrit, continua en ces termes :

« J'étais accompagnée dans ma fuite, par Basile, homme simple, à qui j'avais donné une très-fausse

idée de notre entreprise. Nous trou-
vâmes Camille et mes enfans à l'endroit convenu, et nous continuâmes
notre voyage dans une grande partie
de ce vaste empire, avec une si
grande circonspection, que le marquis, qui désirait connaître l'itiné-
raire de Camille, ne put y parvenir.

» Mon attachement pour le prince
me fit employer mille stratagêmes
pour éviter d'être reconnue, et nous
ne marchions que la nuit; il est vrai
que la saison nous était favorable ;
nous ne souffrions ni du froid, ni
de la chaleur. L'automne n'était pas
encore fini, lorsque j'aperçus la ville
de Vienne; Camille reconnut les domaines du prince, au milieu des
montagnes éloignées.

» Il était encore jour, lorsque nous approchâmes de la ville , et Basile, qui, jusqu'à ce moment, avait cru que mon intention était de me réfugier dans un couvent éloigné du château de Rodolphe , témoigna quelque inquiétude de me voir disposée à entrer à Vienne avant la nuit. Camille, s'apercevant de sa crainte , parut se rappeler tout à coup qu'elle avait une sœur, nommée Amélie, dont l'humble demeure était située sur les bords du Danube, près de Vienne, et nous proposa d'y passer la nuit ; j'y consentis.

Notre intention était d'envoyer Basile à Vienne, à une adresse indiquée, avec ordre de nous y attendre. Il était nécessaire de mettre mes enfans en sûreté, avant de me rendre chez le prince, où je ne pouvais me présenter avec eux ; mais nous n'avions point encore déterminé le lieu où nous les déposerions provisoirement. Camille me dit en secret que nous prendrions un parti à cet égard, lorsque nous serions chez sa sœur.

» Basile me procura un bateau dans lequel je suivis Camille. Nous portions les enfans, qui tous deux étaient endormis ; nous abordâmes près d'un rocher sur lequel était située la chaumière d'Amélie. Lorsque nous fûmes parvenues dans cette retraite, je fis entendre à Basile que j'avais besoin de rétablir mes forces épuisées par la fatigue du voyage ; que je ne pouvais partir que le len-

demain au soir, et que j'irais le rejoindre avec Camille, à l'adresse que
je lui indiquai.

» Ce digne vieillard me parut alors
triste et rêveur; il soupçonna sans
doute que je le trompais; il craignit
d'avoir été le complice innocent de
ma fuite; mais il ne se permit pas
la plus légère observation, et partit
pour se rendre à Vienne. J'étais bien
décidée à quitter en effet, la chaumière, le lendemain au soir, après
après avoir pris vingt-quatre heures
de repos, non pour me rendre à
Vienne, mais à Ormond-Cassel, qui
était tout près de là. Cependant, lorsque je me trouvai seule dans ma
chambre, mon cœur se serra, et je
commençai à concevoir quelques

craintes pour l'avenir. J'allais paraître dans un état d'abandon, de détresse, aux yeux du prince; Marguerite fugitive, Marguerite infidèle aux lois sacrées de l'hymen, de la vertu, de la pudeur; Marguerite sans appui, et dépouillée de cette dignité imposante qui accompagne l'épouse et la mère de famille, sera-t-elle reçue du prince avec le même empressement? Castel-Nuovo, trompé par le faux bruit de la mort de Marguerite, n'aura-t-il pas fait un autre choix?... Oh! alors!... m'écriai-je, je n'ai plus qu'à mourir!

» Camille entra. Elle tenait dans ses bras ma petite Marguerite, qui souriait en dormant. Enfant infortunée! dis-je en versant des larmes;

bientôt, oui, bientôt tu seras privée
de ta mère. Oh! alors, qui prendra
pitié de ta faiblesse? qui veillera
sur ton enfance? qui te garantira
de ces erreurs qui l'ont précipitée
dans l'abîme?

» Eloignez ces idées sinistres,
me dit Camille. Est-ce au moment
où nous avons surmonté toutes les
difficultés que vous devez céder au
découragement?

» Je ne répondis pas. L'idée de
laisser mes enfans sans appui me
tourmentait horriblement. Vous
avez, dis-je enfin à Camille, une
amie qui est abbesse d'un couvent
à Vienne ; conduisez-y ma fille ;
laissez-la dans cette sainte retraite,
où elle n'aura jamais connaissance

des fautes de sa coupable mère. Confiez mon fils aux soins de votre sœur. Elle paraît sensible ; elle s'en chargera pour l'amour de vous. Lorsque je serai certaine que mes enfans sont en sûreté , et que vous veillerez sur eux , la crainte de la mort fera moins d'impression sur mes sens.

» De la mort ! s'écria Camille avec effroi ; quand vous touchez au terme de vos peines ; quand le bonheur....

» Obéissez, Camille ! lui dis-je d'un ton imposant. Demain mon sort sera décidé. Je verrai le prince : s'il n'est plus tel qu'il apparut à ma vue , tendre, passionné, sédui-sant, je me délivrerai moi-même

5.                                    3

de cette détestable existence. AlAlors, ô Camille ! n'oubliez pas mes s enfans. Dans le cas contraire, commptez sur une récompense proportionnée à vos services. Je pressai ma a fille sur mon cœur, et lui ayant attttaché au cou un médaillon qui rerenfermiait les portraits de ses infortrtunés parens, je congédiai Camille, quui me parut effrayée de l'état où j'é'étais. Le lendemain, elle quitta dee bon matin la chaumière ; elle emnmena Marguerite et recommanda mon fils aux soins d'Amélie.

» Je passai la journée, seule e dans ma chambre, et livrée aux x plus tristes réflexions. Le momennt critique approchait, et je me ssentais irrésolue. Dois - je continuerr, me

disais-je , de m'enfoncer dans les
sentiers tortueux du vice?... Eh !
qu'importe, après tout? je n'ai plus
de compte à rendre à personne. Je
ne suis plus Marguerite de Rodolphe , je suis moi ; et ce moi est
un être inconnu , libre de ses actions. Qu'on censure la conduite
de ce moi idéal , mon fantôme est
mort au monde , et les traits en-
venimés de la calomnie ne peuvent
l'atteindre... Mais ce tribunal redoutable devant lequel je dois paraître quand je n'existerai plus?...
Encore un fantôme qui ne doit
point m'alarmer. Partons ; je prends
les vêtemens , le voile des vierges
consacrées au Seigneur , dont je
m'étais pourvue ; j'ouvre la porte

de ma chambre ; déjà j'ai franchi
les degrés de l'escalier. J'entends
crier mon fils... Je m'arrête, mes
larmes coulent en abondance. J'hésite un instant. La voix de la nature
est sur le point de me rappeler à
celle de l'honneur !... Ma funeste
passion l'emporte ; je sors, je m'a-
chemine vers le château. J'aperçois
de loin une troupe joyeuse qui se
livrait à divers amusemens sous
les colonnades. Je ne pouvais encore distinguer les voix : mais j'entendis répéter plusieurs fois le nom
du prince. Je pris un détour et je
parvins à un escalier qui conduisait
à une longue et spacieuse galerie,
éclairée par un grand nombre de
bougies. Là, le bruit de la musique,

les éclats de rire , les chansons
et la danse , me firent éprouver un
horrible serrement de cœur. Oh !
pourquoi ne m'éloignai-je pas à
l'instant même ! Mais le ciel me
réservait une punition exemplaire.
Je verrai Castel-Nuovo ! m'écriai-je,
et j'aurai la preuve de sa perfidie.
Je m'avance jusqu'au bout de la
galerie, qui était terminée par une
grande balustrade de fer. Je porte
mes regards sur l'assemblée qui
s'agite dans un vaste salon ; mais
le grand nombre des lumières et la
confusion de toutes ces figures mou-
vantes qui paraissent et disparais-
sent ne me permettent de distinguer personne.

» La beauté des femmes, l'élé-

gance de leur taille, la magnificence
de leurs vêtemens me rappelaient
ce temps où dans les fêtes les plus
brillantes je les éclipsais toutes.
Tandis que mes yeux avides cher-
chaient l'objet de tous mes vœux,
je l'aperçus radieux comme le soleil
lorsqu'il perce de ses rayons les nuages obscurs après la tempête. Il tenait une femme par la main. Oh!
combien elle était belle!.. Je fus
forcée de convenir en moi-même de
sa supériorité sur moi. Je tombai
sans sentiment sur la grille ; mais
la rage ranimant bientôt mes sens,
je m'écartai de ce lieu funeste,
et parcourant divers appartemens
solitaires, sans savoir où j'allais, je
me précipitai enfin sur le parquet,

dans un état de démence... Je m'a-
bandonnais à la violence de ma
passion; je proférais les plus terribles imprécations contre le perfide
Castel-Nuovo et contre ma rivale.
Je redevins enfin plus tranquille, et
je remarquai un portrait que je re-
connus pour être le mien. J'en avais
fait hommage au prince. Mes yeux,
à l'aspect de ce portrait, se rempli-
rent de larmes, et ces larmes inondè-
rent mes joues brûlantes. Les traits
étaient si beaux, la ressemblance si
parfaite, que je m'écriai : Comment
est-il possible que celle qui était si
belle soit maintenant abandonnée
par celui qui lui était si cher ? La réponse horrible et sans exemple que
mon imagination effrayée m'inspira,
fut :

» *La beauté se fanera dans le tombeau. Le temps est arrivé où le prince ne conserve plus pour toi qu'un sentiment d'horreur et de mépris. N'as-tu pas vu ton cercueil, Marguerite ! ton nom était gravé sur ce monument de mort. Tu n'es plus que l'ombre de toi-même; tu n'es plus qu'un fantôme de la nuit.*

» J'aperçus mon image dans une glace. C'était celle d'un spectre. Mon visage était maigre et livide ; mes yeux creux exprimaient les passions farouches dont j'étais tourmentée. Je me précipitai sur un siége , où je répandis de nouveau un torrent de larmes ; après quoi, accablée de fatigue, je m'endormis. Je ne me réveillai qu'à l'instant où sans doute chacun se retirait dans l'appartement qui lui était destiné pour se livrer aux charmes du sommeil. J'entendis la voix du prince ; il parlait à son valet-de-chambre. Il entra dans la pièce à côté de celle où j'étais ; c'était sa chambre à coucher. Bientôt les portes se fermèrent, et une demi-heure après je n'entendis plus aucun bruit. Une petite porte, que j'avais remarquée, communiquait de la chambre où j'étais dans celle du prince. J'en profitai, j'ouvris cette porte ; elle était recouverte par une tapisserie que je soulevai ; et m'offrant aux yeux de Castel-Nuovo sous le vêtement lugubre qui me couvrait, mes cheveux épars, mon front livide, mon visage décharné, mes yeux creux durent lui persuader que j'étais réellement l'ombre de Marguerite. Il eut cependant le courage de m'interroger : mais l'horreur et l'effroi étaient peints dans tous ses traits. Je crus devoir le confirmer dans la pensée que je n'étais plus. Je le menaçai des vengeances du ciel, **après** quoi je disparus. J'errai long-temps dans diverses parties du château ; je parvins enfin à regagner la galerie : une fièvre ardente me dévorait ; j'éprouvais un violent délire. J'invoquais la mort. Une fenêtre ouverte se présente à ma vue. Je m'élance et je me précipite.

» Je devais trouver le trépas que j'appelais à grands cris. Hélas! l'ex-

piation de mes crimes n'était pas
consommée! je tombai sur la terre
sans me faire aucun mal. Je fus
simplement étourdie de ma chute.
Bientôt j'entendis la voix du fidèle
Basile, qui, soupçonnant mes desseins, était revenu de Vienne. Il
me trouva sur les bords du Danube, et m'arrêta à l'instant où
j'allais me précipiter dans le fleuve.
Il me fit entrer dans un bateau,
et m'engagea à retourner au château de Rodolphe. Je me déterminai à suivre ses sages avis. L'habit de religieuse que je portais me
cacha pendant le voyage. Mon ex-
trême abstinence et le profond silence que je gardais s'accordaient
avec ce saint habit. Personne ne re-

connut en moi Marguerite, baronne
de Rodolphe, et bientôt Basile me
remit entre les mains de Valentine.

» Oh! de combien de remords
n'étais-je pas agitée ! quels tristes
jours j'ai passés dans cette solitude
affreuse ! En parcourant les bois
solitaires pendant le silence des
nuits, je croyais voir des milliers de
fantômes menaçans. Les fleurs les
plus suaves n'exhalaient plus pour
moi que des vapeurs empoisonnées.
Le sommeil m'avait abandonné depuis long-temps ; une fièvre brûlante me consumait, et je ressemblais
à un squelette.

» Valentine était sensible à mes
peines : mais cette excellente femme
me retraçait souvent l'énormité de

mes fautes. Ses leçons de piété étaient douces et m'engageaient à la patience. Elle calmait l'impétuosité de mes passions, et m'exhortait à mettre ma confiance dans l'Être suprême qui compâtit aux pleurs du repentir. Hélas ! quelquefois, après l'avoir écoutée, j'osais espérer d'obtenir mon pardon. Je prenais souvent un plaisir mélancolique à chanter ces airs que j'aimais lorsque mon cœur était pur. Je pensais à mes enfans, et je me les peignais tels qu'ils étaient avant qu'ils fussent séparés de moi. . . . . . . . . . . . .
. . . . . . . . . . . . . . . . . . . . . . . .

» O Rodolphe ! époux que j'ai trop offensé ! dans quelle profonde solitude t'es-tu caché ? Quand t'of-

friras-tu à mes yeux? quand pour-
rai-je me jeter à tes pieds et implorer mon pardon? . . . . . . . . :

. . . . . . . . . . . . . . . . . .

» Comme ils m'ont trompée !...
Perfide Castel-Nuovo !... O Rodolphe ! les nuages obscurs qui cou-
vraient ta réputation sont dissipés,
et je rends l'hommage le plus écla-
tant à tes vertus ! . . . . . . . . .

. . . . . . . . . . . . . . . . . .

» Les jours, les mois, les années
s'écoulent...... Point de nouvelles
de Rodolphe ! point de nouvelles
de mes enfans ! n'existeraient-ils
plus ?.....»

# CHAPITRE III.

*Départ de Henri. — Apparition*
*d'Uldéric et du prince.*

La finissait le manuscrit. Qu'était
devenue l'infortunée qui avait tracé
ces tristes caractères ?.... Hélas ! il
n'était pas possible de le découvrir.
Dieu seul, dit Henri, connaît ce
qui s'est passé depuis !

Marguerite était livrée aux plus
douloureuses réflexions, lorsque ,
conformément aux institutions de
Henri, Basile se présenta. C'était
un vieillard faible et cassé ; il avait
éprouvé beaucoup de chagrins, et

avait reçu une très-faible récompense de ses longs services.

Ses récits, ses réponses aux demandes de Henri, convainquirent bientôt l'un et l'autre que ce jeune homme était véritablement le fils du baron de Rodolphe. Il avait vu Valentine marquer d'une flèche le bras du fils du baron, et parut étonné de voir la même marque sur le bras de l'héritier présumé de la famille Uldéric. Hélas! s'écria-t-il, c'est la céleste Providence qui voulut que le marquis Uldéric élevât comme son fils l'enfant dont il avait autrefois résolu la destruction.

Henri lui demanda ce qu'il savait concernant sa malheureuse mère, et si elle existait encore,

Basile leva les yeux et les mains au ciel. L'Être suprême, à qui rien n'est caché, peut seul, répondit-il, vous faire connaître sa destinée. Son sort est enveloppé d'une obscurité que je ne peux pénétrer.

Est-il possible, lui dit Marguerite, que vous ignoriez si la mort a respecté ses jours, où si elle a payé le tribut à la nature ?

Mon ignorance sur le sort de Marguerite de Rodolphe vous étonne, ma jeune dame ! Hélas ! cette ignorance m'a abreuvé d'inquiétudes et de chagrins, et les fables étonnantes, les bruits mystérieux qui se sont répandus à ce sujet ont fait, de mes derniers jours, des jours de deuil et de larmes !

5.                                    3*

Quand l'avez-vous vue pour la dernière fois ? lui demanda Henri.

Vous êtes déjà informé , reprit Basile, que Valentine et moi continuâmes de pourvoir aux besoins de notre infortunée maîtresse pendant plus de six années. Elle fut long-temps dans le plus déplorable état ; mais elle devint ensuite plus modérée , plus patiente. Son âme fut accessible au repentir, à la résignation. Quelquefois, néanmoins, le découragement reprenait le dessus , et elle répétait alors qu'elle avait perdu tout espoir de bonheur dans le monde.

Vers la fin de la sixième année , le bruit se répandit que le baron serait bientôt de retour de la Suède.

Alors, la baronne résolut de se jeter à ses pieds, de lui avouer ses fautes et d'implorer son pardon. S'il daigne me faire grâce en faveur de mon repentir, disait-elle, je serai soulagée; je me retirerai dans un couvent, et j'obtiendrai, par une pénitence qui ne finira qu'avec ma vie, que le ciel daigne également me pardonner.

Cependant, de mois en mois, le baron différait son retour, et le château de Rodolphe n'était pas une retraite sûre pour la baronne. Depuis quelque temps les craintes superstitieuses des domestiques les empêchaient d'approcher des appartemens situés du côté du nord; les paysans épouvantés n'osaient même

aller dans cette partie de la forêt.
Il était à craindre que ces ridicules
terreurs n'engageassent le marquis
à remonter à la source. Il avait
amené, depuis quelque temps, sa
famille au château, où il se pro-
posait de passer quelques mois chaque année. La baronne avait en
conséquence pris la résolution de
s'éloigner, et j'avais tout préparé
pour la conduire en sûreté dans un
couvent, où elle voulait rester in-
connue jusqu'au retour de son
époux.

Nous nous rendîmes au jour fixé
dans son appartement. Hélas ! il
était désert. Nous parcourûmes
toutes les parties de l'édifice où
nous pouvions la rencontrer, et

même les bois voisins : ce fut en vain ; elle avait disparu. Ce funeste événement donna la mort à Valentine , dont la santé était depuis long-temps chancelante....

Ne m'avez-vous pas dit , interrompit vivement Henri , que la famille du marquis était alors au château , et que.... mais c'en est assez , ajouta-t-il en s'interrompant lui-même. Je vois , ma chère Marguerite, combien vous êtes agitée ; terminons, pour le présent , cet entretien.

Alors il congédia Basile , en lui témoignant son estime , sa reconnaissance , et lui promit de le revoir dans la soirée.

On conçoit combien était déplorable la situation de Marguerite ; elle versait des larmes sur le sort de sa malheureuse mère, et' l'incertitude de sa destinée la navrait de douleur.

Lorsque Henri revit Basile, leur entretien se prolongea fort tard. Je suis résolu, dit Henri au vieux serviteur, à la suite de cette conversation, je suis résolu de rétablir mon père dans l'indépendance dont on l'a privé. Il est en notre pouvoir de prouver qu'il ne fut pas le meurtrier de la baronne. Quelle que soit sa destinée, la blessure qu'elle reçut ne fut certainement pas la cause immédiate de sa mort. Néanmoins, en défendant la cause de mon père, je tâcherai de protéger le marquis

et de le mettre à l'abri de son courroux. Le sentiment intime de son
crime et la perte des domaines qu'il
a trop long-temps usurpés seront
pour lui une punition suffisante.

Le résultat de cette conférence
fut que Henri partirait le lendemain pour Hartz-Cassel ; qu'il dé-
voilerait tous ces mystères au baron
de Rodolphe, et le presserait de
prendre possession de ses domaines
pendant l'absence du marquis. Il
fit part de sa détermination à Marguerite, et ordonna les préparatifs
de son voyage ; ce qui fut exécuté
avec tant de secret, que Raimond,
qui espionnait toutes ses actions,
ne soupçonna point son départ.

Le lendemain, de grand matin,

il prit congé de Marguerite, en lui promettant d'être de retour sous quarante-huit heures ; après quoi il descendit dans la vallée où ses domestiques l'attendaient non loin de la chaumière de Basile.

Après le départ de Henri , Marguerite visita la bibliothèque et tâcha de dissiper par la lecture les tristes réflexions qu'elle faisait sur les malheurs de sa famille. Elle ne fut tirée de ses sombres méditations que par le son de la trompette des remparts, qui annonçait l'arrivée de quelque étranger de distinction.

Tandis qu'elle cherchait à deviner quel pouvait être cet étranger , on vint l'avertir de paraître

devant le marquis Uldéric et Frédérica sa fille.

Le marquis ayant terminé les affaires qui l'avaient retenu à Vienne,
était arrivé au château de Gérars-
dorff, où il fut informé par la
jalouse Claudia que le prince de
Castel-Nuovo avait fait un voyage
dans le Nord, probablement dans
le dessein d'enlever Marguerite.

Cet avis, que Frédérica tenait de
la bouche d'un homme attaché au
service du prince, rendit Uldéric
furieux. Il résolut sur-le-champ de
suivre Marguerite dans le château
du Nord, où, en voyageant jour et
nuit, mais par un chemin différent,
Frédérica et lui arrivèrent quelques
heures avant Castel-Nuovo.

5.                                    4

Marguerite parut devant eux avec tranquillité ; ils la reçurent avec l'apparence de l'estime et de l'amitié. Frédérica l'embrassa, et le marquis lui réitéra la promesse d'unir son sort à celui d'Albert. Il s'efforçait de paraître gai et d'adoucir l'aspérité de ses manières. Il retombait néanmoins, de temps en temps, dans une sombre rêverie. Il demanda pourquoi Henri ne se présentait pas, et lorsqu'il fut instruit de son absence il témoigna beaucoup de mécontentement.

Marguerite et Frédérica étant restées seules, eurent une conversation particulière, dans laquelle la dernière fit à la fille de Rodolphe les plus vives protestations d'intérêt

et d'amitié. Elle s'éleva avec beaucoup d'aigreur contre Claudia ;
qu'autrefois elle avait chérie comme
une sœur. Marguerite crut devoir
rappeler à l'altière Frédérica l'in-
timité qui avait existé entre elle et
la sœur du prince. Ce peu de mots
fit tomber le masque que, de con-
cert avec son père, Frédérica avait
pris. Elle reprocha à Marguerite de
s'être aveuglément attachée à la
famille de Castel-Nuovo. En vain ,
lui dit-elle, je vous ai avertie des
dangers qui vous menaçaient à
Ormond-Cassel. L'ambition vous
a inspiré le désir insensé de vous
élever au-dessus de votre état; mais
votre triomphe sera de peu de
durée. Mon père est dans l'intention

de réclamer hautement l'exécution des engagemens sacrés pris par le prince... Mais où m'emporte une passion funeste et sans espoir ? ajouta-t-elle en reprenant le masque qu'elle n'aurait pas dû quitter. Pardon ! pardon, Marguerite ! je vous afflige : soyez assurée que je ne vous en aime pas moins. Je suis vive, emportée même : j'aimai Castel-Nuovo ; mais ma dignité, mon honneur, ce que je me dois à moi-même enfin, ne me permettent plus de m'occuper de lui. Il tomberait de nouveau à mes genoux, que je ne lui pardonnerais pas. Un souvenir douloureux m'a entraînée malgré moi ; ce sera la dernière fois, et vous n'aurez plus à vous plaindre d'une femme qui respecte vos vertus, et qui brûle de réparer ses torts envers vous.

Marguerite allait répondre, lorsqu'elle vit paraître le prince. Si le marquis eut suivi les conseils de Frédérica, il eut interdit à ce seigneur l'entrée de son château ; mais Uldéric réfléchit que ce serait rompre ouvertement avec un homme puissant, qu'il avait intérêt de ménager.

L'entrevue du prince et du marquis fut froide et réservée. La présence de Marguerite et de Frédérica ne contribua pas à l'égayer. Marguerite était constamment occupée du sort de sa malheureuse mère, et il lui était presqu'impossible de

cacher les mouvemens d'horreur
que lui inspirait la présence du
prince.

Castel-Nuovo, qui, par amour
pour elle, avait une seconde fois
quitté l'Italie, et qui se trouvait
alors dans un lieu qu'il devait haïr,
se sentit humilié de la réception
qu'elle lui faisait : mais la présence
du marquis et de sa fille l'empêchait
de se plaindre.

Après une soirée passée par ces
divers personnages dans d'inutiles
efforts pour paraître gais et tran-
quilles, ils se séparèrent : une
grande partie du jour suivant s'était
écoulée sans que le prince eût pu
trouver un moment favorable pour
converser seul avec Marguerite.

Tous deux étaient surveillés avec trop d'assiduité par le marquis et sa fille. Cependant, vers la fin du jour, il trouva le moyen d'avoir cette entrevue désirée ; alors il fit tout son possible pour engager Marguerite à se confier de nouveau à sa protection. Il regrettait assurément la douleur qu'il lui avait causée en l'abandonnant, dans un moment de colère, à la merci du marquis ; il lui promettait d'expier cette faute en la rendant à Albert.

Marguerite hésitait à lui répondre. Elle éprouvait un sentiment pénible qui enchaînait sa langue. Frédérica parut, et sa présence la soulagea du poids horrible qui l'oppressait.

# CHAPITRE IV.

*Deux fois veuf en un jour.*

En approchant d'Hartz - Cassel ; Henri entendit le son lugubre de la grosse cloche du château. C'était le beffroi d'alarme, le signal de la détresse, l'annonce de la mort. Ces sons funèbres de l'airain frémissant dans les airs le glacèrent d'effroi. Il pressa le pas de son coursier, et bientôt il aperçut le drapeau noir flottant sur la tour du sud. Sa terreur s'accrut à ce signe de deuil. Grand Dieu ! s'écria-t-il, quels funestes présages ! qu'annoncent ce beffroi, cet étendard de mort? Se pourrait-il que Rodolphe?... A l'instant où j'apprends que je suis son fils ; à l'instant où je vole dans ses bras, à ses genoux pour recevoir sa bénédiction, et sentir sur mon front l'impression du premier baiser paternel, la mort, l'inexorable mort l'enlèverait à mes vœux !...

Son cœur se serre ; une larme brûlante tombe sur sa joue. Il enfonce l'aiguillon dans les flancs de sa monture ; il précipite sa course beaucoup trop lente au gré de son impatience. Il arrive enfin au château ; il aperçoit quelques domestiques ; tous portent le vêtement de deuil, et la tristesse la plus profonde est empreinte sur leurs fronts. Henri n'ose interroger ces serviteurs affligés qui néanmoins s'empressent à le recevoir. Il n'ose prononcer le nom du baron de Rodolphe ; il hésite...; il doit cependant parler ; mais ce n'est qu'en tremblant qu'il laisse échapper ces mots : *Votre maître.....*

— Ne voit personne. M. le baron est plongé dans la plus profonde affliction.

*—Quel est donc l'être que la mort a frappé ?*

— Son épouse. Elle souffrait horriblement depuis long-temps. Dieu, dans sa bonté, l'a rappelée à lui.... Il a eu pitié de cette infortunée.

Ceux qui dorment dans le tombeau ne souffrent plus ; ceux qui survivent sont les seuls misérables.

— Je conçois que le baron de Rodolphe doit être livré au plus violent chagrin : mais peut-être une nouvelle inattendue, et faite pour l'intéresser vivement, pourrait faire diversion à sa douleur. Il s'agit de ses enfans.

— De ses enfans ! il n'en a plus !

— Qui vous l'a dit, bon serviteur ? Le ciel lui en a conservé deux qui feront le bonheur et la consolation de sa vieillesse.

— Que dites-vous ?

— Cette intéressante Marguerite, que vous vous rappelez d'avoir vue au château...

— Quoi ! cette jeune dame si douce, si sensible, et que tout le monde regrette !... Mais, elle est la nièce de M. le baron.

— Elle est sa fille; et moi...

En ce moment le baron paraît. Henri l'aperçoit; il vole vers lui; il se précipite à ses pieds....

*Mon père !... bénissez votre fils.*

— Que vois-je ? Uldéric !...

— Ce n'est plus Uldéric; c'est Rodolphe, qui embrasse vos genoux.

— Ce fils.... auquel il ne m'est pas permis de donner ce nom si doux, ce fils... est Albert.

— Albert, mon ami... mon frère, est le fils d'Uldéric; et moi !.... et moi ! j'embrasse le plus tendre père.

Et Henri se relève ; il presse dans ses bras ce vieillard vénérable. Rodolphe, interdit et confus, doute de ce qu'il voit, de ce qu'il entend. Il demande l'explication de ce mystère. Henri lui fait un récit rapide de ce qui s'est passé dans la chaumière d'Amélie, et la flèche imprimée sur son bras par la fidèle Valentine vient à l'appui de ce qu'il atteste. Il annonce à son père qu'il est instruit que les domaines du Nord, usurpés par Uldéric, appartiennent à la famille de Rodolphe, et il engage son père à le suivre, à recouvrer ses droits et à entrer en possession de ce château. Jamais il ne s'offrit une occasion plus avantageuse pour se distraire

du nouveau chagrin qu'il vient
d'éprouver.

Rodolphe examine attentivement
Henri ; il cherche à reconnaître
dans ses yeux, sur son front, dans
ses traits, cet air de ressemblance,
ces signes non équivoques qui dis-
tinguent les familles. Il les aperçoit
et se plaît à les détailler. Il donne
à Henri le doux nom de fils et le
serre contre son cœur. Il applaudit
à l'énergie de son caractère ; il
approuve son projet, et se dispose
à le suivre. Mais il lui doit des
éclaircissemens importans ; tous
deux entrent dans une pièce éloi-
gnée où personne ne peut les entendre, et Rodolphe parle en ces
termes :

Mes malheurs vous sont connus, mon fils. Votre mère et sa sœur étaient en bas âge lorsqu'elles perdirent celle à qui elles devaient le jour. Ce fut la source de leur dépravation. La partie essentielle de leur éducation fut négligée : qui, dans ce cas, peut remplacer une mère? votre mère, forcée d'unir son sort au mien, ne vit dans son époux qu'un tyran. Sophie ne vit dans le mari de sa sœur qu'un homme dont elle voulait captiver la tendresse. Elle s'attacha à me faire connaître et la haine que mon épouse avait conçue contre moi, et l'irrégularité de sa conduite. Sans cesse elle excitait mon courroux et provoquait ma vengeance. Je ne

vous retracerai point ces scènes
affligeantes qui ont cessé d'être un
secret pour vous. Lorsque cédant
à l'impétuosité de mon caractère
j'eus frappé ma victime, Uldéric
parut et me menaça de me faire
punir comme un vil assassin. L'idée
d'être confondu avec les scélérats,
horreur de la société, me fit frémir.
Je m'humiliai devant mon superbe
ennemi. Il profita de ma faiblesse
pour m'imposer les lois les plus
dures. Ruiné au jeu, forcé d'abandonner Ormond-Cassel au prince
de Castel-Nuovo, il exigea que je
lui abandonnasse le château du
Nord et ses dépendances. Il m'ordonna de quitter l'Allemagne, et
d'aller passer plusieurs années dans

les cours étrangères. J'obéis , je partis pour la Suède, où Sophie de Rodolphe voulut m'accompagner. Là , elle s'attacha à adoucir mes chagrins , et me témoigna tant d'intérêt, tant d'égards, tant d'amour , que je me déterminai à l'épouser. Trois enfans furent les fruits de cette union criminelle. Mais, hélas ! ils périrent successivement en bas âge, et je regardai leur mort comme la punition de mon crime. Sans doute cette idée frappa également ma coupable épouse ; elle languit pendant plusieurs mois, et tomba enfin dans l'état le plus effrayant et qui semblait être l'avant-coureur de sa destruction. Le remords vint alors

5.                                    4*

assiéger ses esprits, et la terreur
des châtimens que la justice divine
réserve pour les méchans, la força
à me confesser ses crimes. Lorsqu'elle reçut de ma main l'anneau
nuptial dans le temple consacré
à l'Éternel, en présence du ministre
des autels, elle savait que sa sœur
avait survécu à sa blessure, qu'elle
respirait encore, et qu'en conséquence cet hymen était un crime.
Mais elle l'avait fait précéder par
un forfait plus exécrable encore.
Camille, chargée de porter Marguerite, votre sœur, au couvent
de Sainte-Anne, à Vienne, apprit
que son amie, Marie de Volterro,
abbesse de ce monastère, n'était
plus, et elle exposa l'enfant dans

le jardin du Prieuré de Saint-Etienne. Elle comptait rejoindre sa maîtresse à Ormond - Cassel : mais elle sut que le prince avait fait une nouvelle conquête, et que mon épouse avait disparu. Elle ne pouvait plus compter sur les bienfaits de Castel-Nuovo ; elle redoutait la colère d'Uldéric, et résolut de passer en Suède pour m'instruire de toutes ces choses, ne doutant pas que je ne reconnusse généreusement ce service.

J'étais à quelques lieues de Stockholm lorsque Camille y arriva, et je devais rester huit jours absent. La baronne ne m'avait point accompagné, et ce fut elle qui reçut cette fille. Camille ne lui fit point

un mystère du motif de son voyage
en Suède. Sophie, dont l'existence
de sa sœur contrariait les projets,
résolut de tenir caché tout ce que lui
avait dit la confidente de ma première
épouse, et cette malheureuse périt
la nuit suivante dans des convul-
sions horribles. Elle méritait sans
doute d'être punie : mais son crime
ne devait point être expié par un
autre crime. Je n'eus connaissance
de cet attentat , ainsi que de la
confession de Camille, que par l'a-
veu de Sophie mourante. Elle revint cependant à la vie, mais elle
fut toujours languissante, et se dé-
voua à la pénitence la plus austère.

Lorsque je fus de retour en Alle-

magne , je m'empressai de savoir
ce qu'étaient devenus mes enfans.
J'ignorais le changement fait par
Amélie , et je dus croire qu'Albert
était mon fils. J'appris qu'il devait
épouser Marguerite , et les croyant
frère et sœur je voulus prévenir ce
mariage incestueux , et je trouvai
le moyen de m'introduire en secret
dans la maison du prieur à Ermangard , et de tracer ces mots sur
le livre de musique de ma fille :

Marguerite, frémis ! cet hymen est un crime !

Marguerite revint d'Ermangard
avec Albert , le chanoine et sa sœur.
J'appris que le mariage , loin d'être
rompu , devait être célébré beau-

coup plus tôt ; et un soir, à l'instant
où Marguerite, sortant de la cathé-
drale, traversait les cloîtres, caché
derrière un tombeau, je lui renou-
velai, de vive voix, l'avis terrible
que je lui avais donné par écrit.
Néanmoins, dans la crainte que cet
avis ne fût insuffisant, je résolus
d'enlever Marguerite, et j'y parvins.
Mais j'avais rencontré Uldéric à
Holabronn : il épiait toutes mes
démarches. Plusieurs circonstances
lui avaient déjà fait soupçonner
que l'orpheline du Prieuré était ma
fille et qu'Albert était son frère. Il
me menaça de nouveau de dévoiler
mon crime, si je ne m'engageais
par les sermens les plus redoutables
à ne pas reconnaître mes enfans.

J'ignorais si leur mère respirait encore, et je ne pouvais offrir aucune preuve de son existence. Il exigea que je conduisisse Marguerite dans un couvent au milieu des montagnes de la Moravie. Je feignis d'y consentir ; mais je me proposais néanmoins de la conduire au château. Le marquis, qui surveillait toutes mes actions, marcha sur nos traces, nous rejoignit, et prétendit s'emparer de ma fille. Je parvins cependant à calmer sa fureur à force de supplications et de promesses : mais tout ce que je pus obtenir de lui, fut que Marguerite serait confiée à la comtesse de Rosendall, ma sœur, son intime amie, et qui lui avait des obligations. Il exigea depuis qu'elle fût conduite au monastère de la montagne. Il ignorait, ainsi que moi, qu'il allait rejoindre cette innocente victime à sa malheureuse mère : mais ma fille n'eut point la consolation de la nommer de ce nom si doux ; l'infortunée baronne ne se fit point connaître.

Je pris sur moi de faire sortir Marguerite du monastère de la montagne, et de la conduire à Hartz-Cassel sans l'agrément d'Uldéric. Elle y fut introduite, comme ma nièce. Le marquis, qui craignait qu'un jour mes enfans ne lui disputassent l'héritage qu'il m'avait enlevé, m'avait défendu de les reconnaître. Il apprit que le prince

de Castel - Nuovo aimait Marguerite, et résolut de la livrer entre
ses mains, aux conditions que le
prince le tiendrait quitte de la
dette qu'il avait contractée envers
lui. Il m'ordonna de la conduire
au château de Gérardsdorff; ce qui
fut exécuté après le triste événement arrivé à Hartz-Cassel ; événement qui me plongea dans le
deuil le plus profond, dans la per-
suasion où j'étais qu'Albert était
mon fils. Marguerite n'avait pas
trouvé le bonheur à Hartz-Cassel; sa
présence, en rappelant à la baronne,
mon épouse, les traits, les malheurs
de Marguerite, et ses propres crimes,
ne faisaient qu'augmenter ses remords. Mais le sort de ma fille fut

5.                                    5

infiniment plus malheureux au château d'Uldéric. Vous savez combien elle eut à souffrir des persécutions du prince et de la cruauté du marquis.

Cependant Albert se rétablit, grâce à mes soins ; et malgré les menaces d'Uldéric, je crus devoir, en exigeant de lui un secret inviolable, lui dévoiler le secret de sa naissance. C'était le seul moyen d'éteindre la passion incestueuse dont il brûlait pour Marguerite. Je l'engageai à quitter l'Allemagne et à prendre du service sous une autre puissance. Il était prêt à partir lorsqu'Uldéric, informé qu'il avait survécu à sa blessure, et ne voulant pas le perdre de vue, obtint du prince qu'il le prendrait sous sa surveillance, et m'ordonna de le faire partir pour Ormond-Cassel. Mes deux enfans se trouvaient, par ce moyen, au pouvoir de Castel-Nuovo, et sous la dépendance d'Uldéric.

Vous concevez aisément que mon cœur était navré de tristesse, et l'état de la baronne, qui dépérissait de jour en jour, ajoutait à l'horreur de ma situation.

Tel était l'état des choses lorsque je reçus par un exprès, ces jours derniers, la lettre que voici. Lisez, Henri ; épargnez-moi la douleur d'en faire une seconde fois la lecture.

Henri prit la lettre en frémissant.

Les caractères paraissaient avoir été tracés par une main défaillante. Il jeta les yeux sur cet écrit, et y vit le nom de Marguerite : cette lettre était de sa mère. Des larmes coulèrent de ses yeux ; il baisa respectueusement ces tristes caractères, et resta quelque temps sans pouvoir en faire la lecture.

Voici la teneur de cette lettre :

Du monastère de la montagne, 10 avril 1580.

*LA COUPABLE, MAIS REPENTANTE MARGUERITE,*

*AU BARON DE RODOLPHE.*

« O toi, que je n'ose nommer mon époux, toi dont je méconnus les vertus, reçois les derniers adieux de Marguerite expirante ! Dans quelques heures j'aurai rendu à la terre cette argile défigurée par les remords et les souffrances. Quand tes regards se fixeront sur ce papier, l'herbe sera prête à pousser sur ma tombe.

» O Rodolphe ! je t'offensai mortellement. Tu m'en punis ; mais la miséricorde divine prit pitié d'une faible créature. Elle me réserva des jours de pénitence pour expier mes crimes. Vingt ans se sont écoulés dans les larmes ; et cependant, ce n'est encore qu'en frémissant que je vois arriver l'instant où je vais paraître devant le tribunal redoutable du Juge suprême. Mais ce Juge est souverainement miséri-

cordieux ; il pardonne un pécheur
repentant... Rodolphe ! imite sa
clémence ; pardonne à Marguerite !
Elle voulut implorer sa grâce lorsque tu reparus en Allemagne :
mais l'expiation n'était pas consommée. Renfermée dans les flancs
d'un rocher pendant près de sept
ans, je fus forcée d'en sortir pour
échapper à la rage d'Uldéric ; je
parvins, par une espèce de pro-
dige, à me rendre dans cet asile,
où, sous le nom de *Sainte-Claire*,
je me consacrai à la plus austère
pénitence. Le ciel m'accorda la
consolation de voir ma fille sans
en être connue. Oh ! puisse-t-elle
toujours marcher dans le sentier
de la vertu !

» Mon heure est arrivée. Faible,
décharnée, mourante, couverte du
cilice, étendue sur la cendre, j'at-
tends l'instant où mon âme va s'é-
lancer dans le sein de la divinité...
Dieu de bonté ! pardonne au repentir !...

» La plume échappe de ma main
défaillante..... mes yeux se cou-
vrent... un mouvement convulsif...
un nuage épais... Adieu, Rod... »

Henri donna, de nouveau, des
larmes à la mémoire de sa mère,
et Rodolphe poursuivit ainsi :

A peine eus-je pris lecture de cet
écrit, que je tombai sans connaissance. On m'administra des secours;
on appela la baronne, qui, trouvant
cette lettre ouverte sur la table, la

lut, et tomba bientôt dans le même
état que moi. Mais le saisissement
lui fut plus funeste. Elle était épui-
sée par les souffrances. On la porta
sans sentiment sur un lit, où elle
expira quelques instans après.

Après avoir rendu les derniers
devoirs à sa cendre, je me disposais,
muni de cette lettre qui me justi-
fiait de la mort de Marguerite,
baronne de Rodolphe, à réclamer
mes enfans et mes domaines usurpés. Vous m'avez prévenu, ô mon
fils !

J'ai quelques arrangemens à faire,
et je vais m'en occuper. Demain,
nous partirons ensemble pour le
château du Nord.

# CHAPITRE V.

*Horrible catastrophe.*

Un méchant consommé dans l'art de commettre des iniquités, et méditant, à chaque instant, de nouveaux crimes ; un séducteur sans principes, sans délicatesse, hypocrite de société, brûlant de ressaisir sa proie ; une femme jalouse, altière, vindicative, livrée à toute l'effervescence des passions, et ayant appris de son père à ne rien respecter pour parvenir à les satisfaire ; tels étaient les nouveaux hôtes du château où Marguerite se trouvait confinée. Cette infortunée était en proie aux plus vives alarmes , que redoublait l'absence de son frère. Il avait promis , il est vrai , de revenir sous deux jours , et cette promesse adoucissait les craintes de Marguerite , et lui donnait quelque espoir.

Le prince de Castel-Nuovo l'avait trouvée seule , et la pressait , de nouveau , d'accepter ses services , lorsque Frédérica , qui épiait tous leurs mouvemens , vint encore interrompre cet entretien. Elle arriva en fredonnant une ariette italienne, s'approcha de Marguerite , et lui dit, avec un sourire dédaigneux, que le marquis exigeait formellement qu'elle lui expliquât les motifs de l'absence de Henri.

Le prince et Marguerite la suivirent dans la pièce où le marquis les attendait. Il était plongé dans une sombre rêverie, la tête appuyée sur son bras. L'obscurité du soir augmentait la tristesse de cette entrevue : à peine distinguait-on le petit village de Gartz, quoique les fenêtres fussent ouvertes.

L'absence de Henri avait inspiré au marquis des soupçons si violens qu'il ne pouvait cacher son trouble; et lorsque Marguerite parut, il insista d'un ton absolu pour savoir d'elle pourquoi son fils avait quitté le château dont il lui avait confié le gouvernement.

Marguerite répondit que, probablement, Henri serait de retour dans la soirée. Uldéric, dont la colère augmentait à chaque instant, la menaça de la forcer à s'expliquer. Sa fureur était telle qu'il paraissait prêt à se porter à quelque violence. Le prince s'efforça de le calmer. Mais, tandis qu'il tâchait de protéger Marguerite contre le ressentiment du marquis, il était lui-même exposé à la colère de la jalouse Frédérica, désespérée de l'intérêt qu'il prenait à une rivale qu'elle détestait. Elle projetait la plus terrible vengeance qu'un amour offensé et l'orgueil humilié puissent imaginer. Elle était fille du marquis Uldéric ; et son cœur, comme celui de son père, était incapable de pitié.

Le souper étant prêt , on les avertit de se mettre à table. Le profond silence qui régna pendant le repas ne fut interrompu que par la feinte gaieté de Frédérica , qui se flattait toujours de triompher de Marguerite et du prince. Uldéric paraissait occupé de quelque pensée pénible. Il tressaillit au son de la cloche du château , au bruit des portes ; avant même que le repas fût fini , il se leva et quitta brusquement la compagnie.

Frédérica ne craignant plus les observations de son père , parut d'une gaieté folle ; elle fit la guerre

au prince sur son air mélancolique
et rêveur , et l'accusa de manquer
à la politesse , en s'abandonnant
au chagrin en présence des dames.
Quelle que fût néanmoins la gaieté
qu'elle affectait , on voyait percer ,
à travers le masque qu'elle avait
emprunté , le dépit , ainsi que la
fureur , et souvent son sourire était
convulsif.

Trop long-temps , Castel-Nuovo ,
s'écria-t-elle enfin , vous avez tout
employé pour me tromper. Je vous
connais trop bien maintenant !...
Le moment approche , ajouta cette
amante outragée , d'un ton plus
sombre , où vous regretterez les
chagrins dont vous avez accablé la
malheureuse Frédérica.

Quel reproche avez-vous à me faire ? demanda le prince d'un air surpris. J'ai toujours admiré et respecté vos. excellentes qualités. Comme fille de la marquise Uldéric, comme amie de ma sœur, j'ai sans cesse désiré votre félicité. Comment est-il possible que j'aie pu vous offenser ?

N'est-il pas constant, répliqua-t-elle, que vous avez tout employé pour me séduire ?

Moi ! dit le prince en jouant encore plus vivement la surprise. Est-il possible que vous m'accusiez d'un crime aussi odieux ? Par quel serment me suis-je lié ? quels engemens ai-je pris ?...

Marguerite crut devoir interposer

sa médiation : Frédérica parut se
rendre à ses raisonnemens. Aimable
enchanteresse ! lui dit-elle, vous
avez toujours raison. Déjà je vous
avais promis de surmonter cette
passion funeste ; tout me le prescrit,
l'amour-propre, la délicatesse et
l'honneur.

Eh bien, je prends ici l'engagement de renoncer pour jamais au
prince, aux conditions qu'une rivale
trop séduisante imitera cet exemple.
Me le promettez-vous, Marguerite?

Jamais, dit la fille de Rodolphe,
je n'eus de prétentions sur le cœur
du prince. Je le lui ai constamment
déclaré, et je confirme aujourd'hui
cette déclaration du plus profond
de mon cœur.

Tu l'entends, Castel-Nuovo !
s'écria Frédérica. Cette déclaration
me suffit : faisons la paix !

Elle dit, et saisit une coupe de
cristal ; elle l'emplit de vin ; la
porte à sa bouche, comme pour le
goûter, mouille ses lèvres et le
présente au prince avec un sourire
perfide. Bois, ajoute-t-elle, et que
tous nos différends soient terminés !

Le prince baise la main de Frédérica, saisit la coupe et la vide.
Il fait un cri, jette au loin le vase...

*Je suis vengée !* s'écrie la furie
infernale.

Le vase était empoisonné.

Frédérica force sa rivale ( c'est
ainsi qu'elle nommait Marguerite )
à contempler son triomphe Le

5.             5*

prince changeait de couleur ; son visage pâlissait et prenait une couleur livide.

Les reproches et les imprécations entre Frédérica et lui étaient trop horribles pour être rapportés.

Marguerite abandonna ce théâtre d'horreur, et courut annoncer aux domestiques du prince l'état affreux où se trouvait leur maître. Elle les pressa de lui porter tous les secours qui étaient en leur pouvoir. Ensuite, elle se retira dans son appartement, où, se prosternant à genoux, elle pria avec ferveur pour obtenir du ciel que le prince ne mourût pas sans se repentir des écarts d'une vie criminelle.

Tandis qu'elle était en prières,

un murmure confus de voix, qui
se faisait entendre dans la galerie,
attira son attention. Elle se leva,
et sortit de son appartement pour
avoir des nouvelles du prince.

Dans cet instant, une femme de
la suite de Frédérica se sauvant à
travers la salle, avait avoué qu'elle
était complice de cet affreux attentat, et venait de l'annoncer au
marquis.

Uldéric entra en fureur à cette
nouvelle, il s'arracha les cheveux;
et, s'élançant de sa chambre dans
la galerie, il repoussait toutes les
consolations que ses domestiques
s'efforçaient de lui donner.

Marguerite, en le voyant dans
cet état, par pitié pour un père

affligé , oublia toutes les injures
qu'elle avait reçues du cruel Uldéric.

Où est ma fille ? s'écriait-il. Quoi !
l'être à qui j'ai donné le jour est
un infâme assassin !... Grand Dieu !
dois-je implorer ta miséricorde pour
ce crime seul ? Hélas ! il est arrivé,
le jour de la vengeance !...

Il continua de proférer de vagues
exclamations et de maudire sa fille,
jusqu'à ce qu'un moine du couvent
voisin , qui faisait les fonctions
d'aumônier du château , entra dans
la galerie , et dit au marquis que
le prince était dans le plus grand
danger. Il faut implorer, dit-il, la
miséricorde divine. Rassemblons-
nous dans la chapelle ; nous ob-

tiendrons peut-être, par nos fer-
ventes prières, le salut de cet infortuné qui va périr.

Uldéric l'écoutait en silence, et
Marguerite le suivit dans la chapelle. Tout le monde s'y rendit,
et le digne ministre éleva la voix
en invoquant la clémence du Père
commun de tous les hommes en
faveur du mourant.... Tout à coup
on entend marcher d'un pas préci-
pité ; une femme apparaît dans le
lieu saint. C'était la fille du malheureux Uldéric. Les passions farouches auxquelles elle était livrée
depuis si long-temps, avaient entièrement subjugué sa raison. Ses
cheveux épars, ses vêtemens en
désordre, ses yeux enflammés, ses

traits renversés , tout annonçait l'égarement de sa raison.

Elle s'avance vers l'autel , et regarde fixement son père, qui avait la tête enveloppée dans son manteau.

Vois ta fille, Uldéric ! lui dit-elle ; elle est digne de toi.

Uldéric découvre son visage. Il était pâle, et agité de mouvemens convulsifs...

Comment oses-tu paraître devant ton père ? s'écrie ce malheureux. Fuis loin de moi ! fuis pour jamais !

Le prêtre interrompt l'office divin, et tous les assistans sont saisis d'horreur.

Frédérica regarde encore fixement Uldéric, et le sourire le plus dédaigneux erre sur ses lèvres.

Uldéric ! dit-elle à son père, que me reproches-tu ? j'ai suivi ton exemple. Ton sang coule dans mes veines, et tel est l'effet de l'éducation que-tu m'as donnée. Ne m'as-tu pas appris à ne jamais souffrir une injure sans en tirer vengeance? Ton exemple m'a portée à cette action dont je me glorifie. Mais ce n'est point assez d'une victime pour apaiser mon ressentiment. Je perdrai moi même la vie, où ma rivale périra sous mes coups.

Elle dit, tire un poignard qu'elle tenait caché, et se précipitant sur l'innocente Marguerite, qui était restée à genoux, elle va lui percer le sein. Un des assistans voit son mouvement , devine son criminel dessein , et l'arrête , tandis qu'un autre également attentif s'empare de Marguerite et l'entraîne hors de la chapelle.

C'est donc à moi à périr ! s'écrie Frédérica en se perçant le sein. Son sang criminel rejaillit sur son père, et va souiller l'autel.

On entend , au même instant , un grand bruit résonner dans les cours du château , et le nom de Rodolphe se répéter à grands cris.

Vengeance ! vengeance ! s'écria le marquis en se précipitant l'épée à la main hors de la chapelle, et maudissant la famille de Rodolphe. Il est à l'instant suivi par tous ses

domestiques. Il aperçoit Rodolphe
et Henri : ils sont entourés par
un grand nombre de vassaux qui
avaient suivi leur seigneur de plusieurs villages voisins. Rodolphe
presse dans ses bras Marguerite et
Henri , et les airs retentissent de
ce cri : *Vive Rodolphe!*

En apercevant Henri dans les
bras du baron , Ulderic fait un cri
et laisse tomber son épée. Malheureux que je suis ! dit-il. Et mon
fils aussi m'abandonne ! il se place
au rang de mes ennemis!

Vous n'avez plus d'ennemis, marquis, répond Henri. Il lui présente
Rodolphe , et le conjure de se ré-
concilier avec lui en présence de
tous les vassaux assemblés.

5.                              6

Le généreux Rodolphe, consentant à la prière de son fils, s'avance pour prendre la main du marquis ; mais Uldéric se recule avec horreur...

Malédiction ! s'écrie-t-il, malédiction ! sang et furies ! La mort est là ! elle est là ! elle est partout ! elle menace ma tête. Le glaive, le poison... le parricide. Henri ! ta sœur, elle est là... couchée sur la poussière, près de l'autel... Son sang !... le vois-tu, son sang ? j'en suis couvert. Le prince !... le poison a terminé ses jours, et la nouvelle Médée !... elle s'est frappée elle-même... Je veux mourir aussi ! frappe ! voilà ma poitrine !...

Que dites-vous ? s'écrie Henri ;

moi qui vous ferais un rempart de mon corps.

Eh bien ! laisse-moi m'éloigner d'ici, de ce séjour odieux. Laisse-moi fuir.

Où voulez-vous aller ?

— Dans un lieu dont je ne reviendrai jamais.

Et il s'éloigne, en effet, avec vitesse.

Arrêtez ! s'écrie Henri. Arrêtez ! vous n'avez rien à craindre.

Il vole pour rejoindre Uldéric ; il arrive auprès de lui, et le conjure de se calmer...

— Quoi ! quand mon propre fils m'abandonne ! quand il s'unit avec mes ennemis !...

La famille Uldéric, lui dit Henri,

reconnaîtra un fils plus digne que moi d'hériter de son nom , de ses titres, de ses distinctions, dans un jeune homme qui a long - temps possédé votre estime , et pour lequel, dans son enfance , vous ressentiez la tendresse d'un père.

Que voulez-vous dire ? s'écria le baron avec impatience , et marchant toujours à grands pas.

Henri s'aperçut de son agitation, et se hâta de dissiper son anxiété , en lui racontant succintement le récit d'Amélie.

Ils parvinrent, pendant ce récit, dans la partie de la terrasse d'où l'on apercevait le village de Gartz, et devant laquelle il y avait un précipice très-profond. Ils étaient

au-dessus d'une vaste caverne, for-
mée accidentellement dans le rocher, au-dessous des murailles du
château. Le marquis écoutait parler Henri avec une agitation qu'il
ne pouvait définir. Il gémissait, et
les plus horribles imprécations lui
échappaient fréquemment. Lorsque
Henri cessa de parler, il se livra
aux plus violentes expressions de
la colère et du désespoir. Jamais !
jamais, s'écriait-il, la nature n'a
souffert de supplice plus horrible...
Il est donc vrai que je ne suis point
votre père ?...

Je n'ai point ce bonheur, répéta
Henri.

—Et Albert !... Albert était mon
fils !

—Que dites-vous ? *était !...* Marquis ! vos sens sont troublés ! revenez au château ; vous y goûterez le repos dont vous avez besoin.

—Du repos ! oui ! j'en ai besoin. Je le trouverai , non pas au château , mais dans la nuit éternelle.

En vain Henri cherchait à le calmer ; il appelait la malédiction sur sa tête. Il répétait les noms de Frédérica , d'Albert. Je vous rejoins ! s'écriait-il. Il s'arrachait les cheveux , se frappait la tête ; et se dégageant enfin des mains de Henri, il se précipita dans l'abîme.

# CHAPITRE VI.

—

*Conclusion.*

LE baron de Rodolphe frémit au récit des horreurs qui s'étaient passées au château dans cette funeste journée : mais inquiet de ne voir revenir ni son fils ni Uldéric, il se rendit, avec quelques-uns de ses vassaux, au lieu où il supposait qu'ils s'étaient arrêtés, et y arriva dans le moment où le marquis venait de terminer sa coupable

carrière de la manière la plus tra-
gique. Il y trouva Henri, épouvanté
de ce trait de désespoir, et désolé
de ne pouvoir donner aucun secours au malheureux Uldéric. Il
n'était plus temps : Uldéric avait
cessé d'exister. Le baron engagea
son fils à quitter cette scène d'horreur et à l'accompagner au château.
Ils annoncèrent aux domestiques
le sort de leur maître, et leur or-
donnèrent de descendre dans l'a-
bîme avec des flambeaux, en prenant néanmoins toutes les précau-
tions nécessaires, et d'y chercher
le cadavre du marquis.

Le corps de Frédérica fut trans-
porté dans son appartement, et
quelques jours après le saint asile

qui avait été souillé par l'effusion du sang, fut purifié avec les cérémonies d'usage.

L'un des commensaux du château, expert en l'art de chirurgie, avait donné ses soins au prince ; il lui fit prendre du contrepoison, et déclara qu'il ne pouvait prononcer sur son sort avant vingt-quatre heures.

Le jour commençait à poindre lorsque le cadavre du marquis, défiguré, déchiré, sanglant, fut apporté au château. Le baron était présent ; mais Marguerite s'était retirée aussitôt qu'elle eut appris cette affreuse nouvelle. Le baron versait un torrent de larmes, et tous ses membres étaient trem-

blans. Les restes du malheureux
Uldéric furent déposés au milieu
du grand salon , où le religieux , en
présence du baron et de ses vassaux
assemblés , récita les prières des
morts.

On trouva dans une des poches
du marquis une lettre par laquelle
le commandant d'un corps de troupes , dans lequel servait Albert ,
annonçait à Uldéric que , conformément à ses volontés , ce jeune
homme, à la tête d'un détachement
choisi pour exécuter une entreprise extrêmement téméraire et ha-
sardeuse , était parti pour tenter
ce coup hardi ; que ce jeune homme
était brave , intrépide même ; que
si cette tentative était couronnée

du succès, elle ferait infiniment d'honneur à Albert, et qu'elle le couvrirait de gloire ; mais que, malheureusement, il y avait tout à craindre ; que, sur cent entreprises de cette nature, il était rare d'en voir réussir une ; et qu'en cas de non succès „ la mort d'Albert était inévitable ; qu'au surplus il ne devait s'en prendre qu'à lui si ce malheur arrivait, et qu'on n'avait fait qu'exécuter ses ordres.

Cette lettre donna la clef du désespoir d'Uldéric. Il avait voué Albert à la mort, parce qu'il le croyait fils de Rodolphe. En apprenant que c'était son propre fils qu'il avait sacrifié, il connut le remords. Son cœur fut déchiré ; il perdait à la

fois ses deux enfans, et ne voulut
pas leur survivre.

On convint de cacher à Marguerite la position dangereuse d'Albert.
Cependant, l'inquiétude de Henri
sur les jours de son ami était telle,
qu'il se détermina à quitter le château cette nuit même pour se rendre
auprès de lui. En annonçant à
Marguerite le départ de Henri et
l'objet de son voyage, on se borna
à lui dire que c'était dans l'intention
d'accélérer le retour d'Albert.

Les restes du marquis demeurè-
rent exposés dans la grande salle
pendant plusieurs jours. Ceux de
Frédérica furent placés sur un lit
de parade. Le prince de Castel-
Nuovo continuait de languir. Le

chirurgien espérait qu'il parvien-
drait à lui conserver la vie ; mais
il déclara en même temps que le
poison avait fait sur lui trop de
ravages pour qu'il pût se flatter
de le guérir radicalement.

Le baron ne pouvait, sans douleur, être témoin de ces lugubres
tableaux, et l'incertitude du sort
d'Albert le tourmentait sans cesse,
malgré les efforts que faisait Marguerite pour le distraire. Cette victime intéressante jouissait alors de
tous ses droits sur le cœur de son
père. Il m'est enfin permis de te
nommer ma fille, ô ma chère Marguerite ! lui disait-il à chaque instant. Il m'est permis de te presser
dans mes bras ! O combien je t'ai

fait souffrir ! Pardonne ! oh ! pardonne, Marguerite, au plus infortuné des pères !...

— Que je vous pardonne ! répondait Marguerite en lui baisant la main ; une caresse, un sourire de mon père a dissipé tous les chagrins que j'avais éprouvés.

Le baron s'ennuya cependant d'avoir constamment sous les yeux un spectacle funèbre. Il se détermina à quitter le château, et engagea Marguerite à l'accompagner à Hartz-Cassel. Elle y consentit avec joie.

Avant de partir, le baron pourvut à tout pour le soulagement du prince, qu'il recommanda aux soins du vénérable religieux et de l'hon-

nête Basile, jusqu'à l'arrivée de la
princesse de Castel-Nuovo, à laquelle il avait envoyé un courier
le lendemain de son arrivée au
château.

Il donna aussi des ordres pour
que le corps du marquis et celui
de Frédérica fussent transportés
dans leurs domaines avec magnificence.

Ils partirent enfin ; et, à leur
arrivée à Hartz-Cassel, Marguerite
fut surprise et satisfaite à la fois
d'y être reçue par la fidèle Berthe,
et par la sensible Amélie, que le
baron avait appelées au château.

Elle resta seule, pendant quelques semaines, avec son père, dont
la tendresse semblait s'accroître

chaque jour. Leur société fut enfin augmentée par l'arrivée de la vertueuse Christine et du sage Ernulphe-Gesner, auxquels le baron avait expédié un courier le lendemain de la mort du marquis Uldéric. Avec quels transports de joie Marguerite revit sa sensible institutrice ! Elles donnèrent des larmes à la mémoire du respectable chanoine Bernard, et cette entrevue fut si touchante, que le baron lui-même sentit ses pleurs couler. Il reçut cette excellente femme et le sage Ernulphe avec les témoignages les plus vifs d'estime, de reconnaissance et d'affection. Vous m'avez conservé Marguerite, disait-il à Christine ; je vous dois le bonheur de ma vie.

On avertit Marguerite qu'un bon
vieillard demandait à la voir. Elle
ordonna qu'on le fît entrer, et le
vieil Ernest parut, courbé sous le
poids des années. Ce fidèle serviteur du prieur-chanoine n'avait pas
voulu mourir, disait-il, sans revoir encore sa jeune maîtresse. Des
pleurs de joie convraient ses joues
creusées par l'âge. Marguerite l'accueillit avec le plus vif intérêt.
Quoique faible et cassé, il portait
un fardeau léger sous son bras; il
le déposa aux pieds de sa jeune
maîtresse. Marguerite fit un cri de
joie : c'était le petit chien qu'Albert
lui avait donné. Elle lui prodigua
les plus tendres baisers. Tous étaient-
ils pour le fidèle Médor ?...

5.                     6*

Albert avait réussi dans son entreprise. Il avait battu six mille hommes avec quatre cents braves, et s'était emparé d'un poste important. Il revenait couvert de gloire, et, surpris de voir son ami, il se jeta dans ses bras et l'y tint long-temps serré avec la plus vive émotion. Henri lui fit part de ce qui s'était passé. La mort de son père, et surtout les circonstances qui l'avaient accompagnée, lui arrachèrent des larmes; mais n'ayant jamais été habitué à regarder le marquis Uldéric comme l'auteur de ses jours, et ayant toujours été en butte à ses persécutions, sa douleur fut beaucoup moins vive que celle que ressent un fils qui fut toujours chéri. Il retrouvait Marguerite toujours pure, toujours aimante, toujours digne de lui : son bonheur était assuré.

L'arrivée des deux amis à Hartz-Cassel fit cesser l'inquiétude du baron de Rodolphe. Amélie et Basile donnèrent tous les détails nécessaires pour constater l'échange qui s'était fait des deux enfans ; et les vassaux du premier marquis Uldéric reconnurent pour son fils et pour leur seigneur, Albert, qui reprit alors le nom de Henri. Son ami, par la même raison, reprit celui d'Albert.

Bientôt après l'arrivée des deux amis, le baron conduisit sa famille au château de Rodolphe, où il

donna une fête somptueuse , non
seulement à ses vassaux , mais à
tous les habitans des villages cir-
convoisins. La joie était répandue
dans tous les cœurs , excepté dans
celui du prince,que la maladie avait
extrêmement affaibli. Lorsqu'il fut
en état d'entreprendre un long
voyage , il fit ses adieux à la famille
hospitalière de Rodolphe , et se retira à son château sur les bords
du lac de Garda. Il ne recouvra
jamais sa santé détruite par l'effet
du poison ; il n'abjura jamais sin-
cèrement les principes dangereux
qu'il avait, pour ainsi dire , sucés
avec le lait , et mourut peu re-
gretté , après avoir traîné une vie
languissante pendant dix ans. Le

château d'Ormond-Cassel devint une deuxième fois la propriété de la famille Uldéric.

Claudia n'avait pas daigné visiter son frère, et s'était retirée auprès de la marquise Uldéric. Cette dernière reçut avec beaucoup de froideur la visite de son fils, et quitta de suite l'Allemagne pour se retirer dans ses propriétés d'Italie, où Claudia l'accompagna.

Le jeune marquis et la belle Marguerite étaient enfin au comble de leurs vœux. La décence exigeait que leur hymen fût retardé : mais enfin ils virent briller l'aurore de ce jour heureux qui devait les unir pour jamais. Marguerite ignorait que la comtesse de Rosendall, sa tante, eût une fille; il n'en avait jamais été question en sa présence. Cette jeune personne, aussi sage que belle, avait été élevée loin des yeux de sa mère. La famille avait cru devoir prendre cette précaution pour la garantir des dangers de l'exemple. Le jeune baron de Rodolphe avait aimé la belle Caroline lorsqu'il se croyait fils d'Uldéric; son amour ne changea point d'objet lorsqu'il fut devenu son cousin. Il obtint son cœur et sa main, et les deux mariages furent célébrés le même jour.

La mère de Caroline, n'étant plus d'âge à séduire de jeunes cœurs sans expérience, et ne se sentant aucun penchant pour la dévotion, se fit bel esprit.

Alicie, comtesse d'Attembourg, toujours vicieuse et toujours hypocrite, mourut dans l'impénitence finale.

Christine resta avec sa fille adoptive jusqu'à ce que, dans un âge très-avancé, elle quittât cette vie passagère. Sa mort fut le sommeil du juste, et elle fut inhumée à côté du respectable Bernard, son frère. La marquise Uldéric leur fit élever un monument de marbre blanc.

Le baron de Rodolphe, après avoir cédé ses grands domaines à son fils, se retira dans un monastère, suivant l'usage du temps, pour y consacrer à Dieu le reste de sa vie. Il y jouit d'une tranquillité qu'il n'avait pas trouvée dans le monde.

Les vertus des deux jeunes amis furent célèbres dans les provinces septentrionales de l'empire. Leurs mariages furent féconds, et donnèrent lieu, par la suite, à des alliances entre les deux familles, qui restèrent unies par les liens de l'amitié la plus inaltérable, ainsi que par les nœuds du sang.

*Fin de Marguerite de Rodolphe.*

# CHARLES ET VITTORIA,

## ou

## LA CAVERNE DES BRIGANDS.

———

LA guerre d'Espagne venait de finir ; un jeune officier français, natif de Paris, Charles D***, pendant son séjour à Madrid avait épousé la belle Vittoria, fille de Dona Eleonora, riche veuve d'un banquier de cette ville. Pour contracter cet engagement il n'avait point consulté son père ; mais la difficulté de correspondre avec lui, l'excès de son amour, l'amabilité de son amie, la richesse que lui apporte cet hymen lui serviront d'excuse auprès d'un père qui le

5.                         7.

chérit tendrement. Il brûle de revoir sa patrie et d'y conduire son épouse, qui sera charmée de voir cette capitale si vantée. Dona Eleonora, qui ne peut se décider à quitter sa fille, vend tout ce qu'elle possède en Espagne pour le suivre; il n'est pas jusqu'à la vieille Pedrilla, le modèle des duègnes, qui ne veuille être du voyage. M. Durand, riche banquier de Paris, et l'ami de la maison, qu'un procès avait appelé en Espagne, termine promptement ses affaires et se joint à leur société. La petite caravane traverse l'Arragon pour franchir les Pyrénées. Arrivés aux gorges de ces montagnes, ils descendirent de voiture dans une auberge où ils se décidèrent à passer la nuit, de peur d'être attaqués par les brigands qui dévastent assez souvent ces montagnes; et le lendemain dès le point du jour ils se remirent en route. L'aubergiste les avertit de prendre garde à eux, parce que trois jours auparavant les voleurs avaient assassiné quatre personnes à un quart de lieue de sa maison; il les engagea donc à se faire escorter; mais comme ils étaient bien armés, ils pensèrent qu'il n'avaient rien à redouter, dans le jour surtout. Ils partirent donc, et cheminèrent quelque temps sans qu'il leur arrivât rien de fâcheux; mais étant parvenus auprès d'une petite élévation qui formait une sorte de redoute, ils entendirent tirer un coup de pistolet; le postillon, au lieu de piquer ses chevaux, s'arrêta tout court, et voulut retourner; mais au moment où il allait le faire, deux hommes à cheval accoururent au galop, et les sommèrent de se rendre; ceux-ci en aperçurent en même temps une douzaine à pied, qui s'avançaient également de leur côté : il eut été imprudent de lutter contre tant de monde; aussi le postillon ne fit-il pas le moindre mouvement. Les brigands s'approchèrent de la voiture pour faire descendre nos voyageurs. Un d'entre eux ayant regardé Vittoria, dit en mauvais espagnol à celui qui paraissait être leur capitaine : voilà une assez belle femme, et qui pourra nous divertir dans nos momens de loisir : qu'en dis-tu ? Le capitaine la regarda, et lui répondit; tu as raison,

il la faut conduire à notre souterrain.
Charles, qui comprit bien leur lan-
gage, frémit de rage à ce discours,
aussi bien que M. Durand et les femmes. S'adressant donc à celui qui paraissait le chef, il lui observa que cette
femme était la sienne ; qu'ils pouvaient prendre tout ce qui était
dans la voiture, mais que pour son
épouse, ils devaient s'attendre à ne
la lui enlever qu'après l'avoir égorgé
lui-même, ainsi que ses compagnons.
Les voleurs le raillèrent sur son
amour pour sa femme, et le capitaine changeant de ton, le menaça
de le tuer à l'instant s'il faisait la
moindre résistance ; en même temps
il ordonna à deux des siens d'em-
mener Vittoria. Celle-ci se saisit
aussitôt d'une épée qui était dans

la voiture, et menaça de percer le premier qui tenterait de la séparer de son époux. Ce discours irrita les brigands et les rendit plus hardis; ils s'avancèrent pour se saisir d'elle; mais notre héroïne se servant de son arme, l'enfonça dans le sein d'un d'entr'eux, et l'étendit mort à ses pieds; Charles, de son côté, se saisit d'un fusil à deux coups, tua encore un de ces scélérats, en même temps qu'il en blessa un troisième; les brigands alors ne gardèrent plus de mesure, et écumant de rage, ils firent une décharge sur nos voyageurs. Ce feu ne les atteignit pas; mais par malheur, un coup de fusil ayant frappé la vieille Pedrilla, elle eut le crâne enlevé et tomba morte. Le postillon criait aux voyageurs de se rendre, mais ce fut en vain : ils n'entendaient rien ; Charles eut mieux aimé mourir que de se voir privé un instant de sa chère Vittoria ; ils tirèrent de nouveau plusieurs coups sur les assaillans, en tuèrent encore deux et en blessèrent plusieurs; mais à la fin, ceux-ci étant bien supérieurs en nombre, fondirent tout à coup sur nos combattans, qui se défendirent encore avec leurs épées; les brigands ne ménagèrent plus rien : voyant la résistance opiniâtre des voyageurs, ils se mirent à frapper à tort et à travers. Dans la chaleur du combat, Vittoria reçut une blessure au sein et une autre à la main droite. La vue de son sang la fit tomber évanouie ; son époux la voyant dans cet état, la crut morte,

et ne mit plus de bornes à sa fureur;
il ne pensait qu'à venger la mort
de son épouse; il fondit sur les voleurs avec une telle impétuosité, qu'il
les fit reculer d'effroi. Inutilement
leur chef voulut les rallier ; il fut
obligé de se mesurer lui-même
avec Charles. Le combat était bien
inégal. Notre jeune Français, épuisé
par les premiers efforts qu'il avait
faits, avait encore à lutter contre
un brigand accoutumé au carnage,
et qui n'ayant présidé à l'action
que par le commandement, avait
encore toutes ses forces; mais quel
courage ne donne point l'amour !
La Terreur (c'est ainsi que se nomme
le capitaine ) se rit de ses efforts,
et après un moment de combat,
qu'il regarde comme un jeu, il

porte à Charles un coup terrible,
qui devait lui arracher la vie. Le
sang coule, et déjà chacun le croit
mort; mais il rassemble toutes ses
forces, et au moment où la Terreur
s'y attendait le moins, il lui perce
le flanc d'un coup d'épée, et l'étend
à ses pieds; il tombe lui-même sans
force, et les brigands sont vainqueurs, car M. Durand et dona
Eleonora ne pouvaient tenir contre
tant de monde; on observera aussi
que le brave postillon était demeuré
simple spectateur du combat, soit
qu'étant obligé de passer souvent
par le chemin, il craignît la vengeance de ces scélérats, ou bien
qu'il s'entendît avec eux, comme
il est souvent arrivé. Cependant les
voleurs lièrent M. Durand et la

signora Eleonora, et les mirent entr'eux. Ils dépouillèrent la vieille
suivante, et la laissèrent là. Ils
bandèrent ensuite les yeux au
postillon, et après lui avoir recom-
mandé le secret sous peine de la
vie, ils chargèrent deux hommes
de la troupe de le conduire hors de
la forêt. Pour Vittoria et son époux,
voyant qu'ils étaient encore vivans,
ils les portèrent avec précaution
jusqu'à la caverne. On traverse une
longue étendue de bois, et enfin
l'on arrive dans un vallon qui paraissait impénétrable aux rayons
du soleil, aussi bien qu'à la marche
des hommes; au milieu d'une touffe
épaisse d'arbres, on s'arrête tout à
coup; on fait le plus grand silence.
Un des brigands frappe trois fois

la terre du pied. Aussitôt s'ouvre
une trappe si bien recouverte d'un
épais gazon, qu'on eût cent fois
marché dessus sans s'en apercevoir.

On descend dans ce profond souterrain; on conduit M. Durand et
dona Eleonora dans une salle éclairée au milieu par une grosse lampe
suspendue à la voûte : cette salle
n'avait pour tous meubles qu'une
espèce de coffre et une table, avec
quelques bancs ; une grande pro-
preté régnait en ces lieux. Ils y
placèrent aussi Charles et sa belle
épouse, qui était encore sans mouvement. Deux des voleurs s'avancèrent avec des matelas sur les-
quels ils posèrent nos blessés avec
la plus grande précaution. Une
vieille femme qui servait les ha-

bitans de ce repaire, apporta des eaux spiritueuses. Ils délièrent M. Durand et dona Eleonora, afin qu'ils fussent en état de secourir eux-mêmes les jeunes époux. Un d'entr'eux, qui était chirurgien, pansa leurs blessures, qui heureusement étaient peu dangereuses; ils leur donnèrent tous les remèdes nécessaires à leur prompt rétablissement. Ceux-ci ne savaient à quoi attribuer tant d'humanité dans des hommes qui, deux heures auparavant, voulaient leur arracher la vie. Pourquoi prenaient-ils tant de peine après eux? Leur jeunesse les avait-elle intéressés; ou n'était ce pas plutôt pour leur faire souffrir une mort plus cruelle? N'avaient-ils pas aussi quelques desseins sur la

belle Vittoria ? Cette idée faisait
frissonner sa mère et son époux ;
pour elle, quand elle ouvrit les
yeux, ne voyant autour d'elle que
la cohorte infernale qui l'avait conduite dans le souterrain, elle jeta
des cris perçans.

« Rassurez-vous, madame, lui dit
» le plus apparent de la troupe ; vous
» n'avez rien à redouter, et vous
» pouvez attendre de nous tout le
» respect et la soumission qui sont
» dus à votre beauté et à votre ver-
» tu. Votre époux et vos parens
» ( car ils prenaient M. Durand
» pour leur père) sont assurés aussi
» de toute notre considération. »
Leur surprise augmenta à ce discours. On leur dressa des lits et on
leur servit à manger avec autant

de profusion et de délicatesse que
s'ils eussent été chez eux. « Ne vous
» gênez en rien, poursuivit celui
» qui avait déjà parlé ; vous pouvez
» demander tout ce que vous vou-
» drez, et vos moindres désirs se-
» ront pour nous des lois ; nous
» voyons bien que vous n'êtes pas
» des personnes d'un mérite ordi-
» naire, et nous sommes vos amis.
» Il ne tiendra qu'à toi, dit-il à
» Charles, d'être le plus heureux
» des hommes. Nous avons tous été
» témoins de ta bravoure et de ton
» courage ; ton intrépidité, dans
» un âge encore si jeune, nous a
» remplis d'admiration : toi seul
» es digne de nous commander.
» Le grand la Terreur a reçu de ta
» main le coup mortel ; mille autres

» avant toi avaient lutté contre lui
» et n'avaient pu le vaincre : cette
» gloire t'était réservée. Des hommes
» ordinaires auraient vengé par ta
» mort celle de leur chef ; mais
» nous , nous voyons autrement
» qu'eux ; nous ne faisons attention
» qu'au mérite : le tien nous a paru
» digne de récompense , et c'est par
» mon organe que tous mes braves
» compagnons viennent t'offrir le
» prix de ta valeur. Nous avons en
» toi la plus grande confiance ; sois
» donc notre capitaine, et reçois
» nos sermens de fidélité et d'obéis-
» sance. Tu peux compter sur l'un
» et l'autre ; nous ne faussons ja-
» mais nos promesses. Tu marche-
» ras à notre tête , et nous serons
» invincibles. » Charles frémit à ce

» discours. « Moi, s'écria-t-il, vous
» commander, mener la vie d'un
» brigand ! non, jamais. Si vous
» m'estimez comme vous le dites,
» rendez-moi la liberté, ainsi qu'à
» mon ami, à ma mère et à mon
» épouse. Je vous laisse de grand
» cœur tout ce qui m'appartient.
» Tu ne réfléchis pas, reprit le bri-
» gand, en nous faisant cette pro-
» position; si nous eussions jamais
» laissé aller ceux que nous avons
» faits prisonniers, il y a long-
» temps que nous n'existerions plus.
» Je te déclare sans feinte que
» quand on est une fois entré dans
» ces lieux, c'est pour n'en jamais
» sortir. Cependant, répondit notre
» héros, si j'étais votre chef, il fau-
» drait bien que j'allasse à toutes

» vos expéditions : je pourrais cher-
» cher à vous quitter, et alors vous
» seriez dans le cas de craindre que
» je ne vous trahisse. Point du tout,
» lui dit Bras-de-Fer (ainsi se nom-
» mait le voleur); ton épouse et tes
» amis nous répondraient toujours
» de toi, et l'instant de ta fuite se-
» rait celui de leur mort. Accepte
» l'honneur que nous voulons te
» faire. Tu nommes notre profes-
» sion un métier de brigands; je
» vais te faire voir en peu de mots
» combien tu es dans l'erreur. Quoi!
» parce que nous ne pouvons tenir
» la campagne avec une armée,
» que nous ne faisons pas le siége
» d'une forteresse, et que nous ne
» brûlons pas des villes, comme le
» ferait un grand général, tu nous

5.                                    7*

» traites de brigands ! Pense que
» Romulus, ce fondateur d'une ville
» qui donna long-temps des lois à
» l'univers, fut qualifié du même
» titre que nous : le premier qui fut
» roi fut un homme plus hardi ou
» plus heureux que les autres, et
» qui sut envahir l'autorité su-
» prême. Regarde aujourd'hui, nos
» plus grands généraux, quand ils
» font la guerre, ne s'emparent-ils
» pas des dépouilles ennemies ? Que
» faisons-nous de plus qu'eux ? nous
» dévalisons des voitures, ils pillent
» des cités entières; nous assassi-
» nons, dit-on, un voyageur quand
» il se défend; un général, le jour
» d'une bataille, sacrifie trente mille
» hommes. Eh ! mon ami, entre
» nous et bien des gens qu'on nomme

» de grands hommes, il n'y a de
» différence que le nom.

» Ne te fais donc pas prier davan-
» tage. Il y a ici des trésors im-
» menses qui appartiennent au grand
» la Terreur ; en lui succédant, tu
» deviendras son héritier, et tu
» t'enrichiras encore en parta-
» geant avec nous le fruit de cha-
» que victoire. Quand nous sommes
» vainqueurs, nous apportons ici
» le butin ; et que le chef y ait été
» ou non, il lui en revient toujours
» un tiers : les deux autres tiers se
» partagent entre nous par portions
» égales. Tout est compté fidèle-
» ment ; et celui d'entre nous qui
» serait convaincu d'avoir soustrait
» quelque chose à son profit parti-
» culier, serait puni de mort. Je

» t'ai fait connaître la manière dont
» nous vivons ; accepte ce que nous
» te proposons. Voici les armes de
» ton prédécesseur ; reçois-les, et
» montre - toi digne de les porter. »

Charles vit bien qu'il n'y avait
pas à reculer, et l'espoir de se tirer
de cet horrible repaire lui fit naître
l'idée de dissimuler. Je ne refuse
pas, dit-il à Bras-de-Fer, l'emploi
que vous voulez me confier ; mais
vous voyez que ma santé n'est pas
encore entièrement rétablie ; je vous
demande huit jours de délai avant
de marcher à votre tête : j'espère
que vous voudrez bien me donner
une preuve de votre déférence en
me laissant passer ce temps avec ma
famille. Pendant cet intervalle,
mon ami, mon épouse et sa mère

seront remis de leur frayeur ; Vittoria se rétablira, et sera plus
capable de supporter mon absence.

Les brigands, réfléchissant qu'il
était blessé, et que d'ailleurs il
serait toujours en leur pouvoir, lui
accordèrent sa demande. Pour te
prouver, lui dirent-ils, que notre
soumission pour toi est réelle, nous
souscrivons à tes désirs ; mais songe
seulement à ce qu'au bout de ce
temps nous te trouvions dans des
dispositions conformes à nos désirs.

Ils lui remirent sur-le-champ les
clefs de l'appartement que leur chef
avait occupé, et dans lequel étaient
renfermées les richesses dont il
était le possesseur. Ensuite ils trans-
portèrent leur nouveau chef et sa
charmante compagne dans le loge-

ment dont ils lui avaient assuré la possession ; et après les y avoir installés, ils se retirèrent.

Cette malheureuse famille demeura bien étonnée de cette dernière aventure. Vittoria gardait le silence. Quand elle fut bien assurée que personne ne pouvait l'entendre parler, elle s'adressa à son époux : Il est donc bien vrai, lui dit-elle, que vous consentez à commander cette effroyable bande ? Avant d'accepter une semblable fonction, il fallait m'ôter la vie ; je n'aurais pas eu la douleur d'être témoin de votre déshonneur. Charles se hâta de la désabuser, et parvint à lui faire entendre combien il était nécessaire de feindre avec ces scélérats. Elle se remit alors, et résolut de se fier

à la sagesse éternelle pour échapper à la surveillance de ces brigands,
entre les mains desquels ils étaient
tombés.

M. Durand et dona Eleonora prirent aussi leur parti ; et le lendemain, se trouvant mieux, ils se
mirent à visiter l'intérieur du souterrain. Ils commencèrent par exa-
miner le trésor dont on leur avait
parlé ; c'était une chambre toute
remplie de numéraire et autres
objets de prix. On vint les interrompre dans cet examen, pour
prendre les ordres de Charles, re-
lativement à leur nourriture. Il ne
voulut rien leur prescrire à ce sujet,
et il n'eut pas lieu de s'en repentir ;
car on eut le plus grand soin que
rien ne leur manquât, et ils furent

très-surpris de voir que cette caverne était aussi bien pourvue de
tout que la meilleure maison qu'il
y eût en France.

Après leur repas, les brigands
leur demandèrent s'ils étaient con-
tens, et Charles, pour mieux les
tromper, affectait une satisfaction
qu'intérieurement il était bien loin
d'éprouver. Ils continuèrent cependant tous quatre leur promenade
souterraine. Ce séjour était im-
mense, et éclairé avec soin par des
reverbères. Il était distribué par
corridors. Dans celui qui était le
plus éloigné, il y avait quatre ca-
chots, dont la vue seule était capable d'effrayer. Ces espèces de ni-
ches étaient longues de six pieds,
hautes de quatre, et larges de trois.

Il y avait dans l'intérieur un mon-
ceau de paille et une très-grosse
chaîne, scellée dans le mur. Près
de ceux-ci, il y en avait un cinquième, dont la porte était fermée.
Ils hésitèrent s'ils l'ouvriraient ou
non; cependant Charles tira les ver-
roux. La porte ne fut pas plutôt
ouverte, qu'une odeur pestilen-
tielle en sortit. Ils ne savaient que
penser de cette découverte; cependant ayant approché une lumière,
ils aperçurent un cadavre à moitié
pourri, enchaîné par le milieu du
corps, et assis sur son fumier; car
ce dernier trou était trop court
pour qu'un homme pût s'y coucher.
Ce spectacle fit sur eux une impression terrible : ils virent dans le ta-
bleau que leur offrait cette malheu-

5.                                    8

reuse victime, quel sort leur était préparé, si les scélérats au milieu desquels ils vivaient substituaient la haine à toute l'affection qu'ils leur témoignaient. Cependant ils s'efforcèrent de cacher leur trouble ; et ayant refermé la porte avec soin, ils reprirent le chemin de leur logement. Ils passèrent encore par plusieurs corridors ; dans un, ils aperçurent la trappe qui fermait l'entrée de cet affreux séjour ; mais elle était barricadée et cadenassée avec soin, et ils virent bien qu'il était impossible de songer à sortir.

De retour dans leur chambre, ils s'entretinrent tristement, et délibérèrent sur ce qu'ils avaient à faire pour ne pas provoquer la fureur des monstres qui les entouraient. Ils décidèrent que Charles paraîtrait plus malade, et qu'il leur donnerait néanmoins plus d'espoir que jamais de marcher à leur tête aussitôt qu'il le pourrait.

Le soir, quelques-uns des brigands, arrivant d'une expédition partielle, vinrent rendre visite à Charles, qu'ils trouvèrent couché. Il se plaignit d'avoir eu de la fièvre, et d'être plus indisposé que le matin. Ils en parurent très-fâchés, et lui demandèrent s'il voudrait enfin consentir à être leur capitaine. Les huit jours que vous m'avez donnés, leur dit-il, ne sont pas encore expirés ; cependant, pour satisfaire à votre impatience, je vous déclare qu'après ma guérison, je sortirai avec vous, et que je partagerai vos travaux. Ils poussèrent des cris de joie et hurlèrent à qui mieux mieux des *vive Charles !* qui lui firent dresser les cheveux; ils lui remirent ensuite sa part du butin qu'ils avaient fait; et lui ayant souhaité un prompt rétablissement, ils le quittèrent.

On continua à les servir avec profusion. Le lendemain, les brigands sortirent comme de coutume; ils revinrent chargés d'effets, et amenant avec eux un jeune homme d'à peu près vingt ans, qu'ils avaient, dirent-ils, recruté. Mon capitaine, dit Bras-de-Fer, ce jeune homme n'est pas encore bien aguerri; en attendant, il te servira : nous lui ferons faire sa première campagne sous tes ordres. Charles

les remercia de leur attention, et
ayant dit au nouveau venu de rester auprès de lui, il les congédia.

Charles dit à ce jeune homme
qu'il coucherait auprès de M. Durand, et tous quatre le fêtèrent
beaucoup, afin de se l'attacher. Ils
y réussirent complétement, et Belmont (c'est le nom du jeune homme)
leur donna bientôt toute sa confiance. Ils lui demandèrent son nom
et son origine. Il était de bonne
famille, et avait des parens membres du parlement de ***. Charles
lui témoigna sa surprise de le voir
décidé à vivre parmi les voleurs ;
mais ils démêlèrent bientôt dans sa
physionomie que son cœur était
loin d'être d'accord avec sa conduite
du moment. Charles alors lui avoua

que s'ils avaient tous feint d'entrer
dans les vues de ces brigands, c'é-
tait dans l'espoir de recouvrer leur
liberté. Ils le prièrent de leur faire
le récit des circonstances qui l'a-
vaient engagé à se mettre dans
cette bande de scélérats. Belmont
leur apprit comment il avait été
forcé de le faire, et leur raconta
ses aventures.

« Je suis, dit-il, natif de Lyon ;
mon père, riche négociant, me
destinait au commerce. A dix-huit
ans, je devins amoureux d'une
jeune fille du voisinage, peu for-
tunée, mais honnête ; elle ne fut
point indifférente à mon amour.
Bientôt nos parens s'aperçurent de
nos liaisons, et s'y opposèrent. La
disproportion des fortunes était un

obstacle invincible ; mais plus l'a-
mour éprouve de difficultés , plus
il acquiert de force et d'énergie.
La vigilance de nos parens nous
empêchait de nous voir; nous nous
écrivîmes en secret. Un jour ,
malheureusement , une lettre que
m'adressait ma jeune amie , tomba
entre les mains de sa mère ; celle-ci
devint furieuse ; pour la première
fois de sa vie , elle porta la main
sur sa fille , et lui annonça que dès
le lendemain elle la conduirait dans
une retraite inaccessible aux in-
trigues du libertinage.

» Désespérée d'une telle rigueur ,
mon amante , dévorant sa honte et
sa douleur , prend tout à coup une
résolution terrible. Elle se saisit
d'une corde qu'elle trouve sous sa

main , monte à sa chambre et se
pend au chevet de son lit. Sous ses
pieds était une table qu'elle fait
tomber en l'écartant. Le bruit de
sa chute alarme la mère ; elle monte
et trouve la porte fermée : ce n'est
qu'après de longs efforts qu'elle
parvient à l'enfoncer. Quel spectacle ! Elle voit sa fille suspendue
à un lien fatal. Elle appelle du secours , mais il est trop tard , rien
ne peut rendre la vie à cette malheureuse victime de l'amour. Bientôt cette nouvelle se répand jusqu'à
moi ; je ne veux point survivre à
mon amante, je m'arme de deux
pistolets , et vais me détruire ; mais
je n'avais point la tête à moi ; la
balle mal dirigée ne fait que me
blesser à la joue ; on accourt au

bruit, on m'empêche de faire usage du second pistolet. A force de soins on parvient à me rendre à la vie et à la raison ; mais c'en est fait, je ne veux plus vivre au milieu des témoins de mon malheur.

Je disparais de la ville, et m'engage. Bientôt le métier des armes m'ayant déplu, je désertai. Pendant trois semaines, je restai caché dans Toulon, où mon régiment était en garnison. Un soir, étant sorti, je fis la rencontre d'un sergent de ma compagnie ; cet homme m'ayant reconnu, voulut m'arrêter ; j'employai tous les moyens possibles pour le fléchir ; mes prières furent inutiles ; enfin, voyant que je ne pouvais m'arracher de ses mains, je tirai mon épée : le sergent m'imita, et alors il s'engagea entre nous un combat qui se termina par la mort de mon adversaire. Je n'avais donc plus d'autre parti à prendre que la fuite ; car étant déserteur, et ayant tué mon sergent, je ne pouvais éviter la mort si j'étais arrêté ; j'avais décidé de passer en Espagne pour servir dans les troupes de ce royaume ; cependant l'idée que j'allais m'expatrier pour toujours , me retint , et je restai caché dans le premier bois qui s'offrit à ma vue. Pendant plusieurs jours je ne vécus que de fruits sauvages qui s'y trouvaient , et de quelques racines que je parvins à arracher ; au bout de ce temps, je me décidai à partir pour l'Espagne ; j'en pris la route avec la précaution de ne marcher que la nuit. De cette manière j'arrivai sur les frontières; je croyais toucher au terme de mes malheurs; mais, grand Dieu! combien j'en étais éloigné! Quand je vis venir la nuit, je résolus d'escalader les remparts d'une petite ville qu'il me fallait absolument traverser, et de descendre par le fossé; je pris donc une corde que j'attachai en haut du parapet, et dont le bout pendait en dehors; je me laissai glisser le long de cette corde; mais par malheur elle était trop courte, et quand je fus au bout, j'étais à plus de huit pieds de terre. Il ne me restait pas d'autre expédient que de me laisser tomber; aussi le fis-je; mais le bruit de ma chute attira la sentinelle; celui-ci me vit aisément, car il y avait un peu de lune; il cria: qui vive? Vous pensez bien que je gardai le silence: aussi fit-il feu sur moi: le bruit du coup de fusil attira la garde; il n'était pas possible que je me sauvasse, à cause de la hauteur de l'autre mur du fossé; je fus donc pris; on me conduisit d'abord au corps de garde, où mon uniforme me fit aisément reconnaître pour déserteur. On me mit en prison, et le lendemain le commandant de la place ordonna que je fusse conduit de brigade en brigade jusqu'à mon régiment; en un clin-d'œil tous mes projets de bonheur s'étaient évanouis; je n'avais plus en perspective que la mort. A vingt ans ! quelle destinée ! Je fus lié et ga-

rotté , et nous nous mîmes en
route. Le quatrième jour de notre
marche , nous avions un bois assez
grand à traverser ; ce jour, on avait
doublé mes conducteurs ; ainsi ils
étaient quatre. Arrivés au milieu
du bois, nous vîmes venir vers nous
environ douze hommes bien armés ,
et qui sommèrent mes gardes de se
rendre. Ceux-ci couchèrent en joue
ceux qui les attaquaient. Les voleurs
( car c'en était ) n'attendirent pas
le feu des gendarmes, ils se jetèrent
sur eux le pistolet à la main ; ils
en tuèrent un ; les autres piquèrent
leurs chevaux et me laissèrent là.
Mes singuliers libérateurs me délièrent et me traitèrent d'ami ; ils
me firent une harangue à leur façon, et conclurent en me proposant

de partager leur sort. Suivant eux,
je ne risquais pas grand chose,
puisque de quelque façon que je
me conduisisse, je courais le danger de périr par la main du bour-
reau. Je résistai long-temps ; mais
enfin, les brigands ayant joint les
menaces aux prières, et s'apercevant que je balançais encore, me
signifièrent que si je ne voulais
pas les suivre, ils trouveraient le
moyen de me remettre aux mains de
ceux auxquels ils m'avaient enlevé.
Voyant qu'il n'y avait pas à reculer,
je me décidai, et me trouvai, sans
le vouloir, voleur de grand chemin.

Je ne m'étais engagé dans cette
exécrable bande que dans l'espoir
de me sauver ; mais pour cela il
fallait dissimuler, et paraître aussi

scélérat qu'eux. Qu'il en coûte, grand Dieu, quand on est honnête homme, d'habiter avec des brigands ! Combien de fois j'ai frémi en voyant égorger sans pitié des malheureux que leurs affaires forçaient de traverser la forêt ! Un jour, entr'autres ( cette funeste aventure sera toujours présente à ma mémoire ), les scélérats virent s'avancer une voiture à quatre chevaux ; quoiqu'elle fût escortée par six cavaliers, ils ne balancèrent pas un moment à l'attaquer ; ils s'avancèrent vers l'équipage, et firent une décharge de coups de fusils ; les hussards qui l'escortaient ne furent point ébranlés, et malgré le nombre des assassins, bien supérieur au leur, ils se défendirent vigoureusement ; le combat fut cruel , et quoique les militaires fissent des prodiges de valeur , mes infâmes compagnons en tuèrent cinq ; le sixième alors prit la fuite. Sitôt qu'ils se virent les maîtres, ils s'emparèrent de la voiture ; elle était occupée par un jeune homme en habit d'officier, une jolie femme qui paraissait être la sienne, une femme-de-chambre et trois petits enfans, dont le dernier était à la mamelle. Ce jeune homme, retenu par les prières de son épouse, ne s'était point montré dans le combat, qu'elle ne croyait pas devoir être si cruel et si contraire.

Notre chef ordonna aux voyageurs de descendre ; ils le firent. Aussitôt un des brigands reconnut

le militaire pour avoir, quelques
mois avant, étant à la tête d'un
détachement, arrêté trois des leurs,
qui avaient ensuite été rompus. Il
le dit au capitaine, qui, à l'instant, ordonna qu'il serait égorgé.
Le jeune militaire tira aussitôt son
épée, la femme se jeta aux pieds
des brigands, et, toute baignée de
larmes, leur demanda la vie de son
mari ; les enfans poussaient de
grands cris. Le scélérat fut inflexi-
ble ; il fit saisir cet infortuné, malgré toute sa résistance ; et voulant
rendre son supplice plus cruel, il
égorgea devant lui son épouse et
ses enfans, sans épargner celui qui
était à la mamelle, et que la mère
tenait serré sur son sein. Ils n'eurent
pas plus de compassion pour la

5.                                  8*

femme - de - chambre. Après cette cruelle exécution, le malheureux fut lui-même massacré. Je ne pus soutenir cet affreux spectacle, et je tombai sans sentiment auprès de ces tristes victimes. Ils me ramassèrent et me portèrent dans le plus épais du bois. Ils attribuèrent cet accident à un reste de sensibilité, dont ils voulaient, me dirent-ils, que je fusse bientôt guéri.

Ils apportèrent tout le butin, qui fut aussitôt partagé. Quant aux chevaux de la voiture et des cavaliers, ils envoyèrent le lendemain à la ville deux de leurs camarades, pour les vendre; mais la scène de la veille avait fait du bruit : le cavalier et le postillon qui s'étaient sauvés avaient répandu l'alarme, et toutes

les brigades de maréchaussée étaient
sur pied : tous les chevaux volés
avaient été signalés ; de sorte que
quand les deux voleurs qui les conduisaient se présentèrent pour les
vendre, ils furent arrêtés : et, ayant
avoué qu'ils étaient complices de l'as-
sassinat dont je viens de parler, ils
furent condamnés à mort, et exé-
cutés quelques jours après.

Quand leurs camarades virent
que plusieurs jours s'étaient écoulés, et qu'ils ne revenaient pas, ils
conçurent de l'inquiétude sur ce
qui pouvait les retarder, et ils
prirent la résolution d'envoyer trois
d'entre eux pour prendre des infor-
mations sur les deux absens. J'aurais bien voulu être député pour
cette mission ; mais ils refusèrent

net de me laisser aller : ils pensèrent avec raison que s'ils m'y en-
voyaient, je ne reviendrais plus. Ils
me déclarèrent que je n'étais pas
assez ancien pour qu'on me confiât
ainsi la sûreté de toute la compagnie. Je restai donc malgré moi ;
ils nommèrent sur-le-champ les trois
qu'ils voulaient députer. Ceux - ci
partirent, et arrivèrent assez à temps
à la ville pour voir mourir leurs
complices ; car ils furent rompus ce
jour-là même. Ils apprirent en même
temps que, se voyant près de mourir, ces scélérats avaient paru se
repentir, et avaient déclaré à la
justice les noms de leurs complices
et le lieu de la forêt où l'on pouvait
espérer de les arrêter ; ils avaient
aussi déclaré l'endroit où étaient

enfouis les vols qu'ils avaient faits
depuis plusieurs années. On leur
dit également que, d'après cet aveu,
la maréchaussée et le régiment qui
était en garnison dans la ville devaient, le lendemain, faire une
fouille dans la forêt, et que nous
devions être tous arrêtés.

Les voleurs ne perdirent pas de
temps, et revinrent promptement
rendre compte au reste de la bande
de ce qu'ils savaient, et du danger
qui les menaçait. Ils furent tous
alors très-effrayés, et délibérèrent
sur ce qu'ils avaient à faire pour
leur sûreté ; ils se mirent à partager tout ce qui était portatif, et se
séparèrent pour prendre chacun le
chemin qu'ils croiraient le plus
propre à les mettre à couvert de

toutes poursuites. Pour moi, comme je ne comptais pas pour beaucoup parmi eux, ils me donnèrent vingt louis, après m'avoir fait faire l'odieux serment de ne jamais parler d'eux à qui que ce fût. Après cette précaution et les plus horribles menaces si je manquais à ma parole, ils me renvoyèrent.

Que je fus satisfait de me voir hors de leurs mains ! Je fuyais comme s'ils m'eussent poursuivi, et je n'osais regarder derrière moi. Je ne commençai à me rassurer que quand je me vis à l'extrémité du bois. Comme le jour baissait, j'entrai sans crainte dans le village le plus proche ; et m'étant adressé dans une maison où il y avait une pauvre paysanne, j'obtins facile-

ment d'elle qu'elle me donnât à
coucher, et qu'elle allât le lendemain m'acheter une veste et un
pantalon pour me déguiser. Je la
payai grassement, et lui laissai
mon uniforme, qui était assez bon.
Je la quittai ensuite, et malgré ce
déguisement, je marchais toujours
par des chemins détournés, ne pas-
sant par les villes que quand je ne
pouvais pas faire autrement. C'est
de cette manière que je suis parve-
nu jusque dans ces montagnes.
Mais le croiriez-vous vous-même
si vous n'étiez à portée d'en reconnaître la vérité en interrogeant
Bras-de-Fer et les autres? Ces forêts
sont devenues le refuge de la troupe
dispersée; c'est ici qu'ils ont choisi
leur nouvelle retraite; c'est ici qu'ils

m'ont rencontré, et quoiqu'ainsi travesti, ils n'ont pas eu beaucoup de peine à me reconnaître , et m'ont forcé de me réunir à eux.

Belmont termina ainsi son récit , et Charles le plaignit beaucoup, en lui faisant voir cependant à combien de maux entraîne une première faute. Il conclut par lui dire qu'il n'y avait pour lui qu'un seul moyen de captiver leur estime et leur confiance. Il leur demanda quel il était. C'est, lui dit Charles, de nous aider à sortir d'ici , et d'en partir vous-même avec nous. — Mais quel moyen prendre pour cela ? — Rien de plus aisé. Dites-leur que vous connaissez à huit lieues d'ici un riche particulier qui vit à peu près seul dans une maison très-écartée de la route,

et presque en rase campagne. Je
leur ordonnerai d'y aller douze,
afin de réussir plus sûrement. Je
suis persuadé que l'appât du gain
les tentera. Eux partis en grand
nombre, il nous sera aisé de réduire
le reste ; nous choisirons à cet effet
l'instant de leur sommeil, non pour
les tuer, car alors nous serions
nous - mêmes des assassins, mais
pour les garotter de manière qu'ils
soient hors d'état de nous nuire.
— Afin de vous prouver quels sont
mes sentimens, dit le jeune homme,
je ferai tout ce que vous m'ordon-
nerez. Ils combinèrent ensuite la
ruse dont se servirait Belmont pour
rester à la caverne. Leur plan dressé
et les brigands revenus, Belmont
fit tomber la conversation sur une

5.

expédition à laquelle, disait-il, il pensait depuis quelque temps. — A huit lieues d'ici, dans une maison isolée, à deux portées de fusil de R***, demeure un riche banquier, ami de mon père, qui s'est retiré du commerce, et dont celui-ci m'a souvent parlé. En faisant une invasion nocturne dans cette retraite, qu'il habite avec son épouse et quelques vieux domestiques, il sera facile d'y faire un butin considérable. Je veux moi-même y marcher avec vous, et vous témoigner mon zèle et mon dévouement à la société. On applaudit à son discours, et pour récompense, on lui promit dès ce moment une part entière à toutes les prises que l'on ferait. Charles, consulté sur cette expédition, dit qu'elle lui paraissait aussi sûre que facile. Il regretta de ne pouvoir marcher à leur tête, et voulut au moins les aider de ses conseils. Une partie de la nuit se passe en débauche, et le lendemain dès la pointe du jour on se prépare pour la nouvelle sortie; on laisse le soin de Charles et la garde du souterrain au zèle de cinq hommes des plus attachés à la bande; on leur défend de sortir pour rien tenter dans les montagnes : aussi les voyageurs qui passèrent par-là durant cet intervalle ne coururent-ils aucun danger. Le cheval sur lequel était monté Belmont fait un faux pas, celui-ci tombe sans mouvement. Ses camarades ne voyant aucune blessure, mais étant loin de rien soupçonner dans un homme qui leur a témoigné tant d'ardeur, pensent que c'est une défaillance accidentelle qu'il éprouve, et qu'un peu de repos lui rendra les forces. Ils le portent à la caverne, dont ils étaient peu éloignés, fâchés de ne pouvoir le conduire avec eux, mais ne voulant pas remettre une expédition qui leur paraît si belle et si facile. Au reste, ils ne pouvaient se tromper sur la maison désignée; Belmont leur en avait fait une description claire et positive. Celui-ci rentré, la joie de nos captifs fut complète.

Cependant le reste de la journée qui suivit ce départ leur parut bien long; enfin l'heure du coucher des brigands arriva; nos héros feignirent de se coucher comme eux ; mais quand ils les jugèrent endormis ils prirent sur eux les bijoux et l'or que les voleurs leur avaient d'abord enlevés et ensuite restitués; dans cet état, ils furent droit à la trappe; s'étant approchés de celui qui était en faction au bas de l'escalier qui y conduisait, ils se saisirent de lui avec assez de facilité, parce qu'il ne s'attendait à rien. Charles lui ordonna de se taire sous peine de la vie. Ce scélérat ne se vit pas plutôt en danger, qu'il devint doux et soumis. Charles lui mit un bâillon pour qu'il n'eut point la tentation de crier, et l'ayant lié solidement, il le laissa sous la garde de Belmont ; puis aidé de M. Durand, de Vittoria et de sa mère,

il fut trouver les quatre autres,
auxquels il fit éprouver le même
traitement, avant qu'ils eussent eu
le temps de s'écrier. Pour la vieille
dont j'ai parlé, comme elle couchait
dans un endroit assez reculé, ils
la laissèrent dormir; seulement ils
eurent la précaution de l'enfermer
sous la clef. Quand leur expédition
fut faite, ils revinrent du côté de
la sortie, étant tous armés de pistolets; et les trois hommes ayant
chacun une épée, ils montèrent à
la trappe ; mais après avoir essayé
long-temps de la soulever, ils n'en
purent venir à bout; ils cherchè-
rent de tous côtés ce qui pouvait
les en empêcher; enfin ils s'aperçurent qu'elle était traversée par
une barre de fer assujettie à chaque

bout par un gros cadenas, qu'ils n'avaient pas d'abord aperçu ; ils s'adressèrent à celui qui était en faction pour savoir où étaient les clefs qui pouvaient ouvrir ces cadenas. Celui-ci, ravi de l'obstacle qu'ils rencontraient, refusa long-temps de les satisfaire ; mais enfin voyant que Charles allait le percer de son épée, il leur apprit que les clefs du souterrain étaient dans la chambre de Bras-de-Fer, sous le chevet de son lit. Celui-ci profita bien vite de cette instruction, et courut où le voleur l'envoyait ; il y trouva effectivement ce qui lui était nécessaire. Il revint ravi de joie, ouvrit la trappe, et sortit de cette infernale demeure avec ses compagnons d'infortune.

Ils refermèrent la trappe, et firent rouler dessus de très-grosses pierres qui se trouvaient auprès, et qui servaient peut-être à la marquer quand tous ces brigands étaient obligés de sortir ensemble. Au moyen de cette précaution, ils ne craignaient pas, quand même ceux-ci parviendraient à se délier, qu'ils pussent jamais lever à cinq un poids que nos fugitifs avaient su rendre si pesant que vingt hommes n'en fussent pas venus à bout.

Quand ils virent qu'ils n'avaient plus rien à craindre, ils se mirent en route ; mais ils ne purent déterminer Belmont à venir avec eux ; aucune raison ne fut capable de lui ôter le dessein de passer en Espagne. Voyant cela, Charles lui donna une bourse bien garnie ; Vittoria y joignit un diamant de prix, et lui ayant souhaité toutes sortes de bien, ils le quittèrent et continuèrent leur chemin.

Le jour commençait à paraître quand ils arrivèrent à une auberge qui se trouvait au pied des Pyrénées ; ils y entrèrent, et ayant pris quelque chose, ils commencèrent à respirer et à se reposer de leurs fatigues. Charles raconta à l'aubergiste tout ce qui leur était arrivé, et demanda un cheval pour aller à la ville la plus proche faire sa déclaration, et donner les renseignemens pour faire arrêter ces brigands. Celui-ci lui donna un cheval et un guide, afin qu'il pût parvenir où il voulait aller sans

s'égarer. Il prit donc congé de ses
amis pour quelques instans, et se
rendit à R...; là il détailla aux offi-
ciers de justice tout ce qu'il savait
touchant le souterrain et les scélérats qui l'habitaient. On ordonna
sur-le-champ à un détachement de
soixante hommes de suivre Charles.
Il les mena droit à la caverne, où
ils trouvèrent tout dans l'état où
celui-ci l'avait laissé. La moitié du
détachement descendit, et s'empara
de l'intérieur de ce repaire de scé-
lératesse, et eut soin de refermer
la trappe ; les trente autres se tin-
rent en haut, et, d'après l'avis de
Charles, ils se cachèrent de manière
à voir revenir ceux qui étaient dehors, et qui, n'ayant rien trouvé de
ce que Belmont leur avait indiqué,

ne devaient pas tarder à rentrer ;
en effet, vers le milieu du jour ils
arrivèrent. A leur vue Charles ne
put s'empêcher de frémir : mais
quel spectacle pour son cœur sensible ! il voit au milieu d'eux une
jeune fille, dont sans doute ils ont
fait leur proie. Elle paraît avoir
dix-huit ans : elle est mise simplement ; mais à ses manières on voit
qu'elle n'est pas sans éducation ;
sa beauté, l'innocence peinte sur
sa figure, tous ces charmes qui
d'ordinaire font respecter le sexe,
ont été les causes du malheur
qu'elle est prête d'éprouver. En vain
implore t-elle leur compassion par
les prières les plus touchantes. Bras-
de-Fer la saisit et va l'entraîner
dans la caverne déjà entr'ouverte

au signal qu'il a donné en frappant la terre trois fois de son pied, signal que connaissent les soldats d'après les renseignemens de Charles; mais tout à coup les autres sortent de leur embuscade et fondent sur eux. Les brigands entrent précipitamment dans leur repaire, mais ils sont enveloppés de toutes parts par les hommes cachés dans le souterrain, et par ceux qui y fondent avec eux. Ils se trouvent pris comme dans un filet, hors d'état de pouvoir faire la moindre résistance : pas un d'eux n'échappe aux mains de la gendarmerie.

Virginie cependant, c'est ainsi que se nomme la jeune fille, ne savait comment remercier son libérateur. Quel contraste entre les expressions de sa reconnaissance et les imprécations des brigands !

On laissa un détachement pour garder le souterrain jusqu'à ce qu'on pût en enlever les richesses enfouies par les voleurs, et l'on emmena tous ces scélérats. Charles ayant pris Virginie sous sa protection, retourna avec elle à son auberge ; et quand il se sépara des brigands, ils enchérirent encore sur les menaces qu'ils avaient déjà faites. Vittoria ne put se défendre d'un mouvement de terreur en voyant passer les brigands ; mais, rassurée par l'impossibilité où ils étaient de lui nuire, elle se remit bientôt, et rendit grâce au ciel de leur commune délivrance.

Virginie, après s'être remise de sa

frayeur, voulait continuer sa route; mais son air de décence, ses grâces, ses manières honnêtes, la mélancolie qui paraissait peinte sur sa physionomie, avaient fait sur la sensible Vittoria une impression trop vive pour qu'elle ne s'intéressât pas à cette jeune fille. D'où êtes-vous? lui demanda-t-elle; où portez-vous vos pas? Comment à votre âge pouvez-vous vous exposer à voyager seule dans ces forêts : satisfaites notre curiosité si elle n'est point indiscrète. Parlez; les malheurs que je viens d'éprouver, m'ont appris à compatir à ceux des autres. Alors Virginie commença son récit en ces termes :

« Fille d'un riche propriétaire de Séville, élevée dans l'aisance et les plaisirs, je ne m'attendais pas à devoir un jour servir les autres, et c'est pour cela cependant que je quitte ma patrie et que je vais à Lyon. J'ai tout perdu, excepté l'honneur. Puisse le ciel me conserver ce trésor, et je saurai braver l'infortune !

» Mon père était fils d'un riche fabricant de soie, qui faisait sa résidence à Séville; lui-même il exerça la même profession ; il épousa la fille d'un avocat, plus fameux par ses talens que par sa fortune. Je naquis seule de cet hymen. Enfant chérie, on me donna l'éducation la plus soignée, et on n'épargna rien pour me rendre propre à paraître avec quelque distinction dans la société. Je fus élevée dans l'opulence jusqu'à l'âge de quinze ans ; mais à cette époque les chagrins les plus cruels vinrent assaillir mes parens.

»Mon père, dans l'intention d'augmenter sa fortune pour me rendre sans doute plus heureuse , ne s'était pas contenté de sa fabrique ; il avait emprunté de fortes sommes, et avait équipé trois vaisseaux pour les Grandes-Indes. Le bénéfice de la cargaison était plus que suffisant pour remplir les obligations que mon père avait contractées ; mais au moment où les billets allaient écheoir , et où l'on attendait de jour en jour l'arrivée des trois navires à Marseille, quel coup de foudre vint écraser notre malheureuse maison !

» Mon père ayant reçu plusieurs lettres, nous annonça , en pleurant,

que deux de ses vaisseaux venaient
d'échouer, et que le troisième avait
été pris par un corsaire de Tunis.
Cette nouvelle accabla ma mère ;
elle était accoutumée à l'abondance,
comment pourrait-elle vivre dans la
médiocrité ? Pour surcroît de malheur, mon père, de qui la chute
éclata, fut pressé vivement par ses
créanciers, et ne pouvant obtenir
de temps il fit banqueroute.

» Après cette terrible catastrophe,
il perdit toute la confiance de ses
correspondans, et se vit dans l'impossibilité de continuer le plus petit
commerce. Ma mère ne put résister
à tant de secousses, et elle mourut
deux mois après dans mes bras.
Avant d'expirer, elle m'exhorta à
avoir soin de mon père et à adoucir

sa situation ; elle m'enjoignit surtout de résister à la séduction. Quand
une jeune personne, me dit-elle, a
quelques avantages naturels, c'est
à qui tendra des piéges à sa vertu :
on ne lui refuse rien lorsqu'elle veut
se perdre ; mais si elle reste sage ,
elle ne trouve aucune ressource ,
personne ne croit devoir l'obliger ;
ainsi, ma chère Virginie, continua
ma tendre mère, ne demande de
secours à personne; tâche de trouver
de l'occupation et de te suffire à toi-
même. Je lui promis que je suivrais
en tout ses avis. Elle parut satisfaite, et m'ayant donné sa bénédiction, elle rendit le dernier soupir ,
nous laissant, mon père et moi ,
dans la plus grande désolation.

»Les cruels créanciers de mon père

le poursuivaient toujours ; bientôt
nous fûmes trop heureux qu'ils lais-
sassent à leur malheureux débiteur
l'usage de sa liberté. Ils se conten-
tèrent de nous chasser de notre maison, et nous nous retirâmes tous
deux dans une petite chambre, ou
plutôt dans un grenier, séjour de
l'indigence.

» J'avais alors près de seize ans.
Mon père, qui me voyait avec les
yeux de l'amour paternel, me trouvait très-intéressante ; il espéra que
ses anciens amis m'accorderaient
leur bienveillance. Il me présenta
donc chez plusieurs d'entre eux ;
les uns m'accueillirent avec pitié,
et lui promirent de me chercher
une place qui pût me soutenir ;
d'autres me regardèrent à peine, et

s'épuisèrent en longs commentaires
sur la folie de ceux qui risquent
leur fortune pour l'agrandir, et sur
les revers qui punissent presque
toujours leur orgueil. Mon père,
suffoqué d'indignation, m'entraîna
de chez ces indignes amis, qui
avaient recherché son amitié dans
des temps plus heureux, et qui le
dédaignaient après sa chute.

» Il lui restait encore une lueur
d'espérance ; il connaissait des gens
très-riches, et qui lui avaient montré de l'estime. Ceux-ci passaient
pour être généreux ; mon père se
flattait qu'ils lui procureraient les
moyens de faire quelque chose, ou
tout au moins un emploi capable
de nous faire subsister. Il me conduisit avec lui, comme il avait fait

précédemment. Le premier auquel
il s'adressa était un riche financier,
qui avait beaucoup de connaissan-
ces. Il se fit annoncer. M. de L*** le
reçut assez bien ; puis ayant jeté les
yeux sur moi : est-ce votre fille, mon
cher Hermonville, s'écria - t - il?
ma foi, je vous en félicite ; elle est
d'honneur charmante, et il serait
fâcheux qu'elle fût réduite à l'indigence. Il faut pourtant bien qu'elle
s'y résigne, monsieur, dit mon
père, puisque je n'ai plus de ressource pour l'en préserver. —Oh!
parbleu, si elle est pauvre et vous
aussi, c'est bien vous qui en êtes
cause ; il fallait venir me voir plus
tôt. Mon père allait le remercier ;
celui-ci l'interrompit. — Point de
remerciement, mon ami ; c'est moi

qui vais vous avoir obligation :
venons au fait. Cette enfant est jolie, dites un seul mot; donnez-la-
moi, et je fais sa fortune et la vôtre.
— Mais, monsieur, Virginie n'a
rien, et un jour, peut-être, vous
repentiriez - vous de l'avoir épousée. — Épousée! s'écria le nouveau
Turcaret; qu'entend-il donc avec
son mariage! êtes - vous assez dé-
pourvu de sens pour ne pas me com-
prendre? Je vous offre une fortune
réelle ; mais je ne puis me marier
avec Virginie : on rirait de me voir
prendre pour femme une fille que
j'aurais tirée de l'indigence; qu'elle
devienne ma maîtresse, je ferai son
bonheur. Monstre exécrable! interrompit mon père pendant que
je fondais en larmes, de quel droit

peux-tu m'avilir? Tu m'as puni de
l'opinion que j'ai eue de ton cœur ;
mais ce n'est pas assez pour ma
satisfaction : assigne-moi l'heure et
le lieu où tu veux te trouver pour
me faire réparation. L'infâme L*** 
se mit à rire. Allez, allez, bon-
homme, dit-il à mon père, je ne me
bats qu'avec une jolie femme. Mon
père était furieux, et le traître,
craignant avec raison, appela du
monde, et le fit mettre dehors par
ses gens.

» Nous revînmes tristement à notre
chétive demeure. Nos fonds bais-
saient de jour en jour ; d'ailleurs,
ce dernier affront avait porté le
coup mortel à mon père ; il ne fit
plus que languir, et trois mois
après, j'eus le malheur de le perdre.

» Il devait son loyer ; le propriétaire avide me renvoya sitôt qu'il
eut vu partir les tristes restes du
malheureux Hermonville. Je me
trouvai donc dans la rue, n'emportant avec moi que la misère et le
deuil. Je ne savais où aller ; je me
ressouvins d'une ancienne amie de
ma mère , femme qui avait une
grande réputation de piété, mais
qui en effet était, comme bien
d'autres , une véritable hypocrite.

»J'arrivai chez la dévote; elle était
étendue dans un grand fauteuil,
avec deux ou trois livres mystiques
devant elle , et entourée de trois
chiens auxquels elle distribuait des
gimblettes. Je l'abordai humble-
ment, et la priai de m'accorder un
asile, l'assurant que je travaillerais

pour ne pas lui être à charge. Je ne puis rien faire, me dit la dame, à moins que vous ne veuilliez être sœur converse dans un couvent où j'ai quelques amies. Si vous avez de la vocation, je vais vous y envoyer avec une lettre de recommandation. Je lui observai que je n'avais pas de goût pour la vie religieuse, et je la suppliai de me chercher une place auprès de quelque dame. Je ne sais ce qu'elle allait me répondre; mais en m'avançant un peu, j'eus le malheur de marcher sur la patte de son épagneul; le chien se mit à crier, sa maîtresse se leva, outrée de colère; et m'ayant accablée d'injures, elle me mit à la porte. Sa femme-de-chambre, plus

5.                                    10

humaine qu'elle, me suivit jusqu'à l'escalier, me consola de ma dis-grâce, et me pria de vouloir bien accepter quelques petits secours pé-cuniaires, suivant ses facultés; elle m'indiqua même une maison, dont la maîtresse m'accueillit plu-tôt comme un enfant adoptif que comme une domestique. Mais son époux, épris tout à coup pour moi d'un fol amour, me força de sortir d'une maison dont ma présence troublait la tranquillité; je réso-lus même de sortir de Séville. Ayant appris que l'on trouvait des res-sources à Lyon, je résolus de m'y rendre; mais ne me voyant point assez munie d'argent, je pris le parti de faire la route à pied. J'étais loin de prévoir le malheur qui de-

vait m'arriver, et dont j'aurais été
la victime sans votre heureuse rencontre. »

Nos voyageurs remercièrent Virginie de sa complaisance; Charles
lui offrit une retraite auprès de son
épouse. Soyez assurée, lui dit-il,
que nous vous traiterons comme
une sœur chérie, et que nous n'é-
pargnerons rien pour vous faire
oublier vos malheurs. Ainsi, si vous
acceptez ma proposition, vous pouvez dès cet instant vous regarder
parmi nous comme au sein de votre
famille.

Vittoria réunit ses instances à
celles de son époux, et ils contrai-
gnirent enfin la charmante orpheline à profiter de leur bonne vo-
lonté.

Ces arrangemens pris, ils quittèrent avec joie un lieu qui avait
manqué de leur être si funeste. Ils
passèrent quelques jours à Pont-
Saint-Esprit, puis à Lyon. Arrivés
à Melun, ils écrivirent au père de
Charles, qui, n'écoutant que son
amour pour son fils, vint au-de-
vant de ses embrassemens. Il voulait d'abord lui faire quelques reproches ; mais Charles, pour toute
réponse, lui présenta son épouse.
Je n'ai plus rien à dire, s'écria le
père ; à ton âge, une folie se pardonne quand elle est occasionée
par un objet aussi aimable. Il l'embrassa.

Il remercia aussi M. Durand, auquel les premiers épanchemens ne
lui avaient pas encore permis de

faire attention. Cette journée se
passa en félicitations réciproques.
Eleonora était enchantée des manières affectueuses de M. Charles ;
et depuis ce moment, leur âge les
rapprochant l'un de l'autre, ils
devinrent inséparables. Le père de
Charles prit aussi Virginie en affection ; à la vérité celle-ci était faite
pour être aimée ; ses attentions pour
dona Eleonora et sa fille n'avaient
pas de bornes.

M. Charles ayant mis ses affaires
en ordre, céda son magasin à son
fils, qui en prit possession.

Un nouvel événement vint com-
bler la joie de cette aimable famille ;
Belmont, après avoir quitté Charles,
était passé en Espagne, comme il
se l'était proposé. Cependant une

amnistie ayant rendu aux déser-
teurs la liberté de rentrer dans leurs
foyers, il était retourné dans sa
patrie, et, par une sage conduite,
avait regagné l'amitié de son père.
Curieux de voir la capitale de la
France, il fit un voyage à Paris;
et un jour au sortir du spectacle, il
en crut à peine ses yeux en voyant
Vittoria et son époux. Se reconnaître, s'aborder, se témoigner le
plaisir de se revoir, fut l'affaire
d'un moment. Charles ne voulut
point que Belmont eût désormais
un autre logement que sa maison.

Cependant la beauté de Virginie
et ses qualités vinrent bientôt trou-
bler le repos de Belmont. La jeune
Virginie ne tarda point à s'apercevoir de l'effet que produisaient ses

charmes : elle n'y fut point insensible ; mais un noble orgueil lui défendit de penser à une union qui semblait mettre à contribution la générosité de ses protecteurs. Elle pria donc son amant de renoncer à elle , disant qu'il lui était impossible de penser au mariage. Belmont ne voulant point gêner les inclinations de Virginie, et craignant que son cœur ne fût point libre, sonda à ce sujet Vittoria, comme pouvant être la confidente de ses pensées.

Virginie ne voyait personne, et ne sortait jamais sans Vittoria. Celle-ci répondit à Belmont qu'il était certain que Virginie n'avait encore montré aucun désir de mariage, et que puisqu'elle le refusait, il y avait

tout lieu de croire qu'elle aimait
mieux rester fille.

Elle se trompait cependant ; la
délicatesse de cette jeune personne
l'empêchait seule de consentir à se
marier, et son cœur n'en souffrait
pas moins : aussi devint-elle languissante ; et, semblable à une rose
que le soleil frappe trop à-plomb,
elle se desséchait, et fut bientôt
dans un état dangereux.

Vittoria la questionnait souvent
sur la cause de sa maladie ; et voyant
qu'elle s'obstinait à se taire, elle lui
fit des réprimandes sur son indiffé-
rence et son peu de confiance en
elle. Virginie ne put soutenir ces
reproches, et elle lui déclara, au
milieu de ses sanglots, et son amour,
et la cause qui le lui avait fait ca-

cher. Vittoria ne voulut pas lui faire
part du projet qu'elle conçut alors ;
elle se contenta de la consoler , et
lui conseilla (si son amant lui parlait encore de sa passion ) de l'écou-
ter plus favorablement , l'assurant
qu'elle ne désirait rien tant que son
bonheur.

Elle se retira ensuite avec sa famille , et lui fit part de la confi-
dence que Virginie lui avait faite ;
elle demanda ensuite à son époux
ce qu'il comptait faire en faveur de
cette aimable orpheline. Charles lui
répondit qu'il s'en rapportait entièrement à elle , et qu'il seconderait
ses intentions bienfaisantes autant
qu'il serait en son pouvoir. Ils ré-
solurent donc de doter avantageuse-
ment Virginie. Cette décision prise,

ils firent part à Belmont du penchant secret de Virginie pour lui,
et le présentèrent à leur jeune amie,
comme devant être son époux. Belmont ne savait comment témoigner
sa reconnaissance à des amis qui,
après l'avoir arraché de la main
des brigands, et l'avoir comblé de
présens, venaient encore mettre le
seau à son bonheur, en lui don-
nant pour épouse une femme qui,
aux grâces de la figure et de la
taille, joignait les qualités de l'esprit les plus aimables. Pour Virginie, elle tenait les yeux modeste-
ment baissés, et ne pouvait expri-
mer ce qui se passait dans son âme;
seulement elle eût voulu pouvoir,
sans chagriner ses bienfaiteurs, re-
fuser la dot qu'ils lui offraient. Elle

l'accepta dans la ferme résolution de leur en témoigner sa reconnaissance par un redoublement de soins et d'affection, s'il était possible. Belmont, pour obtenir le consentement de son père, retourna à Lyon; mais il trouva ce vieillard au lit de la mort, et recueillit son dernier soupir. Il revint essuyer ses larmes auprès de Virginie, dont il fut bientôt l'époux. Une riche succession qu'il venait de recueillir, jointe à la dot de Virginie, le mit à même d'établir une bonne maison de commerce auprès de son ami.

Bientôt après, Vittoria accoucha d'un fils, qu'elle voulut nourrir de son lait. M. Durand ayant quitté son commerce, vint se réunir à ces deux familles. Il vécut très-

âgé, et termina, au sein de l'a-
mitié, une carrière couronnée de
fleurs.

La signora Éleonora et M. Charles
les suivirent de près. Tout finit ici-
bas; l'enfant qui rit et qui folâtre
autour de nous essuie les larmes que
nous fait répandre la mort de nos
pères.

Virginie eut une fille qui, élevée
avec le jeune Charles, cimenta dans
l'âge nubile la parenté entre deux
familles si dignes de n'en faire
qu'une. Les deux maisons furent
réunies; le jeune Charles y fut
établi avec sa nouvelle épouse.

Belmont, Virginie, Charles et
Vittoria se retirèrent à la campagne,
où ils vécurent dans l'aisance et la
tranquillité; souvent leurs enfans

venaient auprès d'eux se délasser des fatigues et des soucis du commerce. Enfin quand l'heure fut arrivée, ils quittèrent le séjour des mortels, emportant avec eux les regrets de tous ceux qui les avaient connus : pour leurs descendans, ils sont encore existans et ont une des meilleures maisons du commerce.

FIN DU CINQUIÈME ET DERNIER
VOLUME.

# TABLE

## DES CHAPITRES

CONTENUS DANS CE VOLUME.

—

Fin de la Table du cinquième et dernier Volume.

www.ingramcontent.com/pod-product-compliance
Lightning Source LLC
Chambersburg PA
CBHW061455030726
47503CB00005B/1718